I0613805

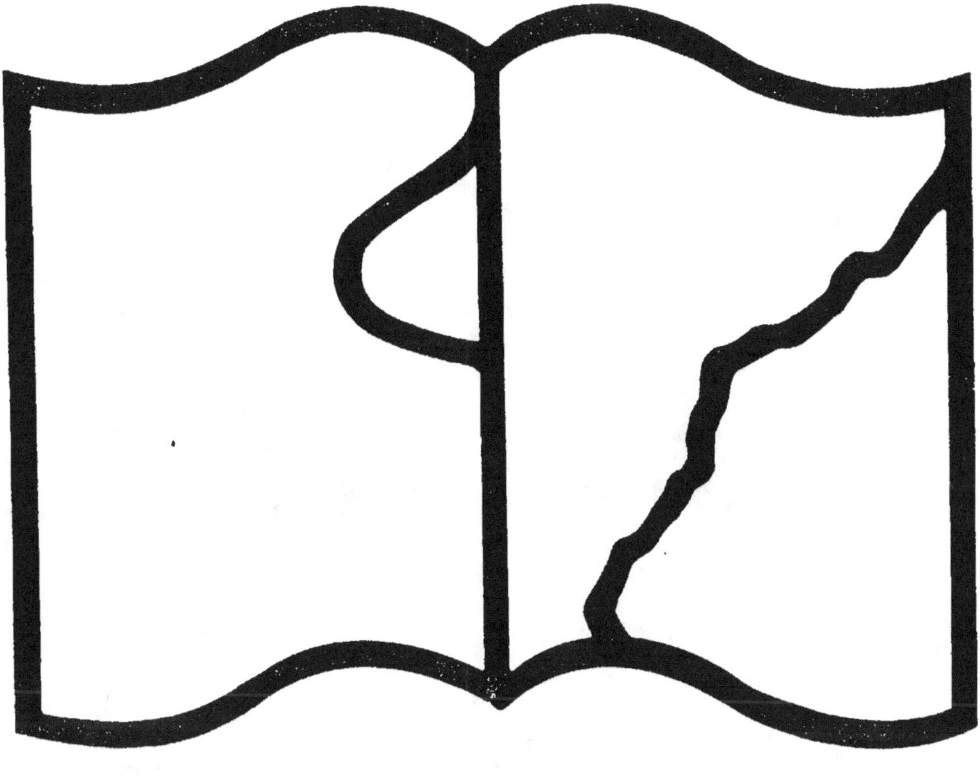

Texte détérioré — reliure défectueuse

NF Z 43-120-11

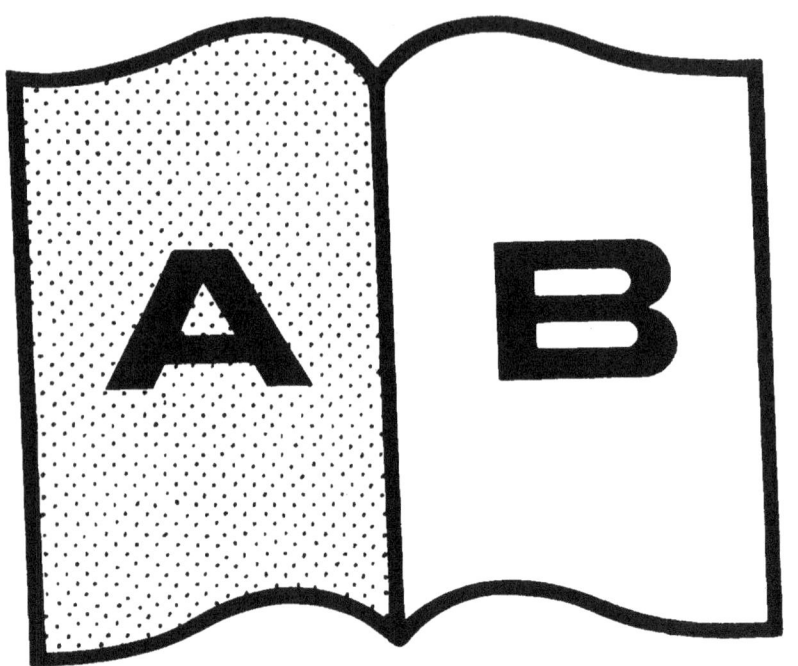

Contraste insuffisant

NF Z 43-120-14

LES AMOURS

DE

NAPOLÉON III

PAR

L'ABBÉ C***

—~ஃஃ~—

PARIS

ADMINISTRATION DES PUBLICATIONS RÉPUBLICAINES ILLUSTRÉES

Gérant : Louis SALMON, 3 rue de Provence

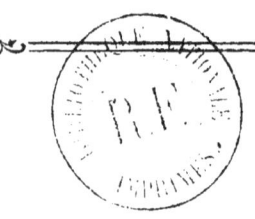

AU LECTEUR

Dans une œuvre précédente, *Les Femmes de l'Empire*, j'ai levé le voile qui couvrait les mœurs de la haute société bonapartiste. La corruption qui nous ronge, cette rage de pornographie qui nous a saisis, est le résultat des vingt ans de silence que le despotisme césarien a imposé aux journalistes.

Il était impossible de mettre à nu les plaies qui nous minaient ; car le système du gouvernement d'alors consistait à étouffer les scandales dans la crainte de révéler des hontes qui salissaient la dynastie ; l'impunité était donc assurée.

Par une pente inévitable, cette corruption descendit de la cour au monde officiel, puis à la haute bourgeoisie, et s'étendit sur les masses qui se gangrénèrent avec une rapidité foudroyante.

Jamais, à aucune époque, on ne vit une pareille décadence.

Sous le second empire, la galanterie devint de l'érotisme chez les hommes et de l'hystérie chez les femmes ; l'orgie fut crapuleuse ; les vices contre nature firent des progrès effrayants.

Les affaires de la rue Marbœuf et de la rue du Bac, que j'ai racontées dans *Les Femmes de l'Empire*, font comprendre comment nous avons des Germiny et des capitaines Voyer !

Mademoiselle Giraut, ma Femme ! et *Nana* nous prouvent que les scènes des bosquets de Compiègne ont encouragé d'étranges passions ; on a pu protester contre les auteurs, leur style, leur littérature, leurs tendances ; mais personne, non personne, n'oserait écrire : ILS MENTENT !

On a reproché à ces deux écrivains d'avoir mis ces vices à nu, en prétendant qu'il faut cacher les chancres ; il faudrait ne montrer la société que sous ses aspects agréables et dissimuler adroitement, sous des fleurs de rhétorique, ses côtés hideux.

En un mot, il faudrait mentir.

Et l'on s'endormirait dans une confiance dangereuse et le venin s'infiltrerait de plus en plus.

En morale, comme en médecine, rien de plus dangereux que ces endormeurs qui vous trompent sur votre état.

Quand une nation est malade, il faut le lui dire, l'en convaincre, étaler au grand jour le cancer qui la ronge pour que l'on puisse y appliquer le fer rouge.

Je sais que, d'autre part, toute une littérature pornographique ignoble s'est donnée carrière en ces derniers temps; mais rien de plus facile que de distinguer l'historien fidèle des mœurs d'une époque, d'un écrivain ordurier dont le but est de présenter les brutales peintures érotiques que recherche un certain public.

Il en est du livre comme de la statue.

Le nu, le vrai, l'exact, le sincère en art, ne sont jamais immoraux; de même que l'on sait faire la différence entre les nymphes sans voiles d'Henner, les femmes de Lefebvre, aux formes pures, et les photographies obscènes, de même on reconnaît, du premier coup, un écrivain qui a un but politique et moral, d'un pornographe qui se complaît aux ordures. Notre pensée est bien simple.

On reproche à l'époque actuelle d'être pourrie; nous avons démontré, par notre œuvre précédente, que cette pourriture nous venait de l'Empire; seulement, la presse étant alors muette, personne n'avait osé écrire la vérité. Aujourd'hui, pour compléter cette peinture des vingt ans de dégringolade qui ont failli nous frapper de déchéance devant l'Europe, nous voulons mettre en lumière l'action personnelle de l'empereur, sur son entourage, sur sa cour et sur le peuple, par le scandale de ses amours.

Nous présenterons donc tour à tour Mⁿᵉ Gordon, miss Howart, la fameuse actrice qui lui écrivait « cher seigneur, » la trop célèbre Italienne dont l'impératrice fut si jalouse, et qui faillit jouer un rôle tragique dans la conspiration de Mazzini; nous ferons défiler les actrices de Paris et les grandes dames qui se tinrent pour honorées de la faveur de Napoléon III.

Nous montrerons ce que fut l'*homme* devant ces femmes.

Impossible d'être plus ridicule que lui devant la signora Francesca, à Florence, sous la jupe dont il s'était affublé.

Impossible d'être plus lâche qu'il ne le fut dans l'affaire des carbonari, qu'il trahit pour se mettre aux crochets de Mlle Gordon, cette actrice intelligente, énergique et riche qui fit les fonds de l'affaire de Strasbourg, et qui, indignée de la mollesse du prince, s'écria : — Dans cette tentative, l'homme c'est moi !

Impossible d'être plus plat et plus ingrat qu'il ne le fut envers miss Howart, comtesse de Beauregard, qui lui prêta des millions pour qu'il se fit nommer représentant du peuple en 1848, puis président. Car il passa toute sa vie de prétendant à se faire entretenir par des caillettes ambitieuses et à se faire avancer par elles l'argent nécessaire pour ses expéditions.

Parvenu au trône, il ne tint, à la malheureuse mais peu intéressante miss Howart, aucune des promesses faites ; il chicana sur les millions à rendre, ne versa que par acomptes, et, finalement, il se trouva débarrassé de cette dette par la mort tragique et mystérieuse de sa créancière.

Impossible d'être plus niais qu'il ne le fût en épousant Eugénie de Montijo, qui joua la comédie du coup de cravache et se consola en montant sur un trône de n'avoir pu épouser le duc d'Albe qui lui avait préféré sa sœur.

Empereur et marié, Napoléon III se lance dans la grande orgie à laquelle il avait préludé, président à l'Elysée ; il appelle à lui tous les jouisseurs affamés, il déchaine tous les bas instincts, il surexcite les appétits, il encourage toutes les manifestations d'un matérialisme corrupteur et malsain qui s'allie parfaitement aux pratiques d'une bigoterie raffinée ; son règne devient celui des intérêts et de la jouissance.

Peu à peu, le cœur de la France comprimé ne bat plus ; Paris n'est plus une tête, mais un ventre énorme.

Les princes et les grands des nations accourent aux fêtes perpétuelles que préside le couple impérial ; Napoléon III est proclamé le *roi des noceurs*, son fils est le prince des *petits crevés*, l'impératrice est *reine de la mode* ; tout ce que l'Europe, le monde contient de viveurs se rue sur la Babylone moderne ; on s'y dispute les grandes lorettes, on s'y arrache les femmes du monde connues pour se vendre, on met l'enchère sur les actrices ; l'une d'elles a la spécialité des Majestés et des Altesses ; on l'appelle *le Passage des Princes.*

Et ces princes qui passent, s'en retournent convaincus que nous sommes devenus une nation sans courage et sans vertus ; les Prussiens qui dépensent en armement tout ce que nous dépensons en orgies, se préparent ; quand sept millions de oui maintiennent sur le trône le despote gâteux que les excès ont usé, ils jugent l'heure venue, nous cherchent une querelle d'Allemands et ils écrasent en quelques semaines les armées impériales.

Heureusement, six mois de lutte, malgré l'insuccès définitif, montre une France nouvelle, derrière la France impériale, et cette résistance de « fous furieux » sauve du moins l'honneur du pays, ce qui ne se paie jamais trop cher avec l'or et le sang.

Rien de tout cela ne serait arrivé si, d'un bout de la France à l'autre, on avait connu l'homme que l'on croyait le neveu du Grand Napoléon et qui n'était qu'un bâtard adultérin.

Je veux, au moins qu'à cette heure, le pays sache combien les engouements sont périlleux ! et à quel point une grande nation peut se tromper sur le maître qu'elle se donne sans s'en douter.

On verra quels piteux précédents avaient ce prétendant soutenu par ses maîtresses, quel prince entretenu la France s'est donnée comme président et a subi comme empereur.

Voilà pourquoi j'ai écrit *Les Amours de Napoléon III.*

LES AMOURS

DE

NAPOLÉON III

PREMIÈRE PARTIE

LES FOLIES DE JEUNESSE

I

LA FEMME AU PERROQUET.

(A Florence.)

SOMMAIRE : *Un père qui renie son fils — Louis Napoléon, carbonaro. — Ses amours à Florence. — Un prince en cotillon, — Un Napoléon dans le ruisseau. — Une très jolie femme. — Mazzini et le prince. — Une menace. — Un mari charmant.*

Un père qui renie ses enfants, c'est chose assez rare ; mais quand ce père est un prince, quand il écrit son désaveu de paternité, quand celui auquel il adresse sa lettre est un pape, il semble que le scandale doit être éclatant, que le souvenir en sera durable et que le monde s'en souviendra.

Cependant la France ne s'est point rappelée que Louis Bonaparte, ex-roi de Hollande a solennellement désavoué Louis-Napoléon Bonaparte né, non pas de lui, mais d'un commerce adultérin entre la reine Hortense et l'amiral hollandais Varrhuel.

Voici en quelle occasion le roi Louis écrivit au Saint-Père.

La révolution de 1830 venait d'éclater à Paris ; les trônes, les dominations, les puissances étaient ébranlées par cette formidable commotion.

Partout les peuples opprimés se soulevaient contre leurs tyrans.

L'Italie, écrasée sous le joug de l'Autriche, du pape et des princes, se préparait à la révolte ; elle était couverte par les sociétés secrètes des carbonari qui préparaient un mouvement.

A cette époque, la reine Hortense ne prévoyait point qu'il fût possible de détrôner, au profit de son fils, le roi Louis-Philippe, alors populaire ; on ne renversa pas, après quelques mois, une dynastie issue des barricades.

La reine pensa qu'un prince habile pouvait profiter de l'état d'agitation où se trouvait l'Italie pour s'y créer une situation prépondérante ; le nom des Napoléon y était populaire depuis Marengo ; le vice-roi Eugène avait laissé de bons souvenirs dans la Haute-Italie ; l'heure semblait propice pour raviver la mémoire du grand empereur et faire reporter les sympathies du peuple sur son héritier.

Très ambitieuse, très rouée, conseillée du reste par des hommes tarés auxquels rien ne coûtait et qui ne tenaient aucun serment comme sacré, la reine écrivit à son fils une lettre qui a été publiée dans l'*Histoire secrète de Napoléon III par un ancien proscrit*, lettre qui est un monument de duplicité et de perfidie politique, lettre qui conseillait au prince de jouer en Italie le rôle de révolutionnaire jusqu'au moment où il pourrait escamoter la Révolution et s'emparer du pouvoir.

Dans ce but, le prince Louis, le futur Napoléon III, se donna comme un patriote ardent, il se fit même affilier à une vente de carbonari.

Le prince ne savait pas exactement quels engagements il allait prendre, sans quoi il eut certainement reculé.

Par ordre de Mazzini, chef suprême des ventes italiennes, la réception de Louis-Napoléon dont il se défiait fut solennelle et le

prince dut jurer devant deux cents poignards levés, sur lui, qu'il ne trahirait jamais.

Par son serment, il se mettait à jamais hors la loi et acceptait la mort, s'il désobéissait à l'association et en livrait les secrets.

Mais les Mazziniens étaient trop fins pour avoir foi en lui ; il espérait devenir chef de vente, puis chef de région, enfin chef suprême; il ne fût rien qu'un obscur carbonaro, obligé d'obéir humblement et obscurément.

Profondément humilié et dépité d'avoir été deviné, voyant tous ses plans déjoués, le prince ne chercha plus qu'à se retirer autant que possible, d'une association qui ne pouvait lui être d'aucune utilité et il se tint à l'écart des ventes, ne faisant plus de politique, pour quelque temps, du moins en apparence, se donnant toutes les apparences d'un jeune homme étourdi, viveur et très épris des femmes.

Mais Mazzini qui le surveillait, apprit qu'il organisait le parti des princes.

C'était encore la reine Hortense qui avait eu cette idée.

Il était convenu qu'à l'exemple du duc d'Orléans, devenu Louis-Philippe, on laisserait agir le peuple, soulevé par les carbonari ; dans chaque grand-duché et dans chaque royaume, des princes se déclareraient partisans de la liberté et ennemis de la dynastie régnante; les insurgés chasseraient les Autrichiens et culbuteraient les gouvernements ; les princes s'empareraient alors du pouvoir et feraient avorter la Révolution à leur profit.

Le Piémont était le point d'appui de cette ligue.

Le prince Louis, espérait devenir grand-duc de Toscane, puis il comptait bien, une fois à la tête de l'Etat de Florence, manger feuille à feuille, comme César Borgia, le vaste artichaud italien.

Mazzini résolut de se débarrasser de ce prétendant par le ridicule qui tue à Florence, tout autant, et plus qu'à Paris.

Tout le prestige, toute la force de Louis-Napoléon lui venaient du nom qu'il portait; personnellement, il valait peu; mais le peuple lui prêtait volontiers des talents militaires, le croyant réellement le neveu de Napoléon.

Mazzini voulut que le prince eût quelques aventures où il jouerait un rôle si piteux que Florence et l'Italie riraient de ce grotesque.

Déjà Mazzini avait fait ses preuves; il était doué de son merveilleux génie d'intrigue souple, fort, délié, très étendu, très pénétrant ; sachant employer les grands moyens, il ne dédaignait point les petits, appropriait les uns ou les autres, selon les hommes et les circonstances, qu'il connaissait admirablement, grâce à un talent d'observation, dont les diplomates européens furent souvent les victimes étonnées.

Il connaissait son prince Louis, et il le fit tomber dans un piège, dont le prétendant sortit hué par la population florentine.

Cette aventure est connue en Italie, sous le nom d'histoire merveilleuse, d'un prince, d'une femme et d'un perroquet.

A Florence, on trouverait peut-être encore quelques exemplaires du pamphlet qui en fut imprimé et du sonnet qui courut manuscrit de mains en mains.

A Naples, les improvisateurs brodent toujours sur ce thème.

La farce est assez burlesque et tout à fait dans le goût italien : racontons-là.

Le prince Louis qui festoyait à Florence, et y courait les ruelles, fit connaissance d'un homme charmant, roué comme pas un, que l'on supposait riche, qui avait des bonnes fortunes et jouait gros jeu. En peu de jours, il signor Francesco avait été fort à la mode à Florence, il racontait qu'un duel malheureux l'avait forcé à quitter Naples.

Il prêta cent marengos (vingt francs), au prince Louis et devint son ami intime.

On me permettra de constater que Napoléon III, ne se montra jamais difficile dans ses relations ; il eut de déplorables accointances avec les pires drôles.

Il fit de Saint-Arnaud, voleur chassé de l'armée, un maréchal de France, et il s'entoura de la pire canaille dont il dora les habits.

Le prince trouvant donc un compagnon joyeux, spirituel, généreux, hardi dans la pourchasse du beau sexe, se laissa dominer par lui.

Je ferai observer ici que, toute sa vie, cet homme que la France choisit pour la conduire, fut mené.

Mené par sa mère, mené par Mlle Gordon, mené par Persigny, mené par de Morny, et enfin mené par l'impératrice et par M. Rouher.

Il signor Francesco prit sur le prince un ascendant qui s'affirma bientôt.

Vers la même époque, Florence vit arriver une des plus jolies femmes que l'on eût jamais admirées dans ses rues

Elle était mariée, mais si peu... mariée à la façon florentine, mariée pour la forme, pour le décorum, pour être signora, pour ne pas être une fille, en somme une courtisane faisant son métier derrière le paravent du mariage.

Mais gracieuse, mais belle, mais adorable.

Une blonde dont les cheveux avaient les reflets fauves, chauds, puissants sur l'œil et qui font ressortir les mates pâleurs des Vénitiennes.

Une blonde aux yeux noirs, profonds et limpides comme les eaux des lacs italiens.

Une blonde qui unissait la régularité du type grec aux grâces françaises; elle avait habité Paris.

Une blonde qui savait parler, qui savait sourire, qui était un contraste perpétuel, majestueuse et sémillante, spirituelle et discrète, mordante et douce, langoureuse et riante, douce et cruelle; une femme qui changeait à vue, qui n'était jamais la même, qui vous faisait damner cent fois en une heure.

Une femme incomparable, enfin, et qui fut disputée avec une ardeur inouïe par l'élite des gentishommes florentins.

Aux cascines qui jouaient déjà depuis deux siècles à Florence, le rôle que joue à Paris notre bois de Boulogne, aux cascines où la haute société passe chaque soir la revue de ses équipages, la signora Fiammina, était entourée de brillants jeunes gens qui délaissaient pour elle leurs maitresses ; les femmes du monde en crevaient de dépit dans leur corsage, n'ayant plus personne à qui faire tenir leur bouquet, leur éventail et les soucoupes des sorbets qu'il est d'usage de prendre sous les beaux arbres de la promenade.

Dans le palais où elle s'était installée, la Fiammina avait fait disposer un balcon qui ressemblait à un jardin suspendu tant les fleurs et les plantes grimpantes y mariaient harmonieusement leurs couleurs pour encadrer la belle tête de la courtisane.

Elle s'offrait souvent là aux admirations passionnées des Florentins.

Qui passait, la saluait comme une reine.

Si la Fiammina aimait les fleurs, elle adorait les oiseaux ; les volières garnissaient le balcon ; mais elle affectionnait surtout un énorme perroquet, gigantesque papegeai, qui avait l'envergure d'un aigle.

Comme tous les volatiles de son espèce, il était extrêmement jaloux et ne souffrait point que sa maitresse caressât quelqu'un en sa présence.

Il avait fait des malheurs, disait-on ; on lui reprochait d'avoir tué un keng's-charles, éborgné un chat et cruellement mordu le petit marquis de Saluces, qui avait voulu baiser les épaules de la Fiammina.

En voyant celle-ci à son balcon avec son papegeai, le peuple l'avait surnommée *la femme au perroquet*.

On prétendait que ce dernier était son gardien, et que si un visiteur lui plaisait, elle avait soin d'enfermer l'oiseau.

Ce perroquet, tout en donnant à penser aux amoureux, ne les décourageait pas tous ; quelques-uns espéraient que, pour eux l'oiseau serait mis en cage.

De ceux-ci était Louis-Napoléon.

Le prince Louis vit la Fiammina et en fut amoureux, mais

amoureux comme il le fut toujours quand une passion lui sautait à la gorge.

J'ai déjà expliqué dans les *Femmes de l'Empire* quel étrange tempérament avait ce fils de la reine Hortense.

L'amiral Varrhuel, son vrai père, l'avait fait mou, flasque, lymphatique; étant jeune, il s'était fait surnommer *la Limace*.

Mais, dans ce sang blanc, il y avait quelques gouttes du sang impétueux de la mère qui fut la femme terriblement passionnée que son mari traitait de Messaline.

La lymphe du prince, sous ce ferment, entrait en ébullition; ce limaçon si tranquille en apparence s'animait de désirs ardents; mais la nature l'avait mal doué physiquement; ce mollusque restait flasque et mou; il n'en était que plus tenace dans ses tentatives, pareil à ces escargots que vous jetez vingt fois à bas d'un mur, et qui remontent sans jamais se décourager.

Pas plus que l'escargot, du reste, le prince Louis-Napoléon n'eût le sentiment du ridicule; il s'exposait aux plus piteuses mésaventures, sans paraître sensible aux quolibets, aux plaisanteries dont il devenait l'objet.

Il manquait, du reste, de tact, de goût et de discernement.

Il supposait que le titre de prince couvrait tout, répondait à tout, suffisait à tout; il y a tant de platitude et de servilisme dans l'humanité que le prince n'avait pas tous les torts, en supposant à son nom un grand prestige.

Que de femmes se donnèrent à lui à cause du titre.

Mais combien le bafouèrent.

La signora Fiammina fut de celles-ci; elle le mystifia cruellement.

Le prince, je l'ai dit, s'en était épris éperdûment; il la voulait avec ce calme acharnement qui faisait le fond de son caractère, il la voulait avec un flegme enragé.

On le voyait aux cascines, au bras de son ami, traînant son désespoir amoureux le long des allées, s'animant dès que le carrosse de la Fiammina apparaissait, et se hâtant de se mêler aux cercles de ses adorateurs.

Ces jolies scènes d'amour, à Florence, sont incomparables.

Notre bois de Boulogne est idiot comparé aux cascines.

Nous allons bêtement faire le tour du lac, nous montrer et voir, échanger un salut banal ou quelque mot rapide, puis après cette revue sotte et ennuyeuse, chacun reprend le chemin de Paris.

Aux cascines, les équipages se rangent en files sous les arbres trois ou quatre fois centenaires de la promenade; chaque calèche est un centre qui attire les galants hommes de la ville; les garçons d'un café voisin circulent apportant des sorbets; on respire l'air du fleuve qui coule aux pieds des allées; on récite des sonnets d'amour ou l'on débite des épigrammes spirituels; on cause, on badine, on médit, on galantise, on se brouille, on se plait, on se hait, on se réconcilie, en plein air, devant tous; les grandes passions et les grosses querelles d'amour éclatent sous ces voûtes ombreuses; quand une femme lève les yeux au ciel, pour cacher son dépit ou sa joie, elle voit, à travers quelque verte trouée, un coin de l'immense chaîne des Apennins, et j'imagine que ce panorama grandiose élargit la pensée, élève les sentiments; car jamais on n'aima avec plus d'esprit et de distinction qu'à Florence.

Le prince Louis n'a jamais brillé par l'intelligence; il faisait triste figure au milieu de cette aristocratie florentine, vive, alerte, fine, gaie, mordante et railleuse qui le harcelait de traits malins.

Avec sa longue face de Frison, son nez de corbeau, ses joues pâles et creuses, ses yeux mornes de faïence effacée, sa raideur anglaise et sa lenteur de compréhension, le prince faisait piètre contenance et répondait mal aux saillies qui pleuvaient sur lui.

La Fiammina prêtait une médiocre attention aux soupirs de ce galantin qui la regardait d'un œil vitreux et sans chaleur.

Aussi, chaque soir, le prince revenait-il tristement, toujours au bras de Francesco, épanchant dans le sein de cet ami sûr son désespoir amoureux.

Les heureux du jour, ceux qui avaient des maîtresses aimées, ceux qui avaient reçu de la Fiammina un sourire pour un joli compliment, un regard pour un quatrain bien troussé, ceux qui avaient baisé sa main pour un bouquet bien offert, toute cette jeunesse rieuse et folle passait en tourbillonnant gaiement; à la vue du prince attristé, les éclats de cette joie redoublait, insultant à la douleur de cet amoureux éconduit.

On savait ses chagrins racontés avec une verve comique par son ami Francesco.

— Et votre prince? demandait-on à celui-ci dans les cercles et dans les salons.

— Navré! il a perdu la tête.

— A-t-il jamais eu une tête? ce pauvre prince Louis.

— Son père en a une des mieux ornées! dit-on.

— Vous parlez du père légal?

— Sans doute. Quant au vrai père, à l'amiral Varrhuel, je puis vous affirmer, l'ayant connu, qu'il était homme d'esprit.

— On ne s'en douterait pas à voir son fils bayer aux corneilles sous les cascines.

— Je l'ai vu, le long de l'Arno, regardant l'eau couler d'un air mélancolique, il avait l'air d'un héron féru d'amour.

— Un héron! Allons donc! Bas sur pattes comme il l'est, il ressemble à un basset aux jambes torses.

Et l'on daubait à cœur joie sur le pauvre prince.

Francesco le défendait de si piètre façon, qu'il semblait n'avoir qu'un but: exciter les attaques.

Le prince devint la fable de la ville, on ne parla plus que de sa passion ridicule.

Francesco avivait les blessures de son ami.

— Il faudrait pourtant, lui disait-il, imaginer quelque chose, sortir de cette situation, obtenir un rendez-vous de la Fiammina.

— Elle est de glace avec moi, soupirait le prince.

— Vous vous y prenez mal! Vous ne savez pas lui faire la cour. On vous chansonne dans les salons de Florence; on se moque de vous; on vous a donné le nom de prince de pâte de guimauve; cent sobriquets plus insolents les uns que les autres circulent sur vous; je succombe, moi, sous le fardeau de ce ridicule.

— Que feriez-vous?

BIBLIOTHÈQUE NATIONALE IMPRIMÉS

— Je ne sais... Mais dussé-je enlever la Fiaminina, la violer et la renvoyer ensuite aux Florentins, j'aurais raison de cette femme.

Le prince baissait la tête et ruminait des plans d'enlèvements.

La Fiammina, cependant, n'avait pas encore pris d'amant et la carrière était ouverte à toutes les espérances, lorsque le bruit se répandit, dans Florence, qu'elle avait fait un choix.

On racontait que le comte de Gaïto avait réussi par un moyen audacieux.

Déguisé en capucin, il était parvenu jusqu'auprès de la Fiammina, sous le prétexte d'une bonne œuvre à remplir ; il l'avait, disait-on, catéchisée d'abord avec un grand sérieux et une éloquence telle qu'il l'avait fait pleurer à chaudes larmes sur ses péchés.

Puis il en avait obtenu la confession générale de ses fautes.

Mais il lui avait donné l'absolution dans un baiser en lui disant qu'après tout elle méritait son pardon ayant beaucoup aimé.

La Fiammina, disait-on, raffolait du comte depuis ce temps ; on n'appelait plus celui-ci, à Florence, que le Capucin.

L'heureux vainqueur avait conquis le droit de s'asseoir à côté de la Fiammina, dans sa calèche, quand elle allait aux cassines.

Il était l'amant en titre.

Grand émoi la première fois que le comte afficha son triomphe.

Lorsque la charmante marquise de Vicence le vit passer, causant amoureusement avec sa maîtresse, elle s'évanouit ; ce fut un gros scandale.

On ne parlait que de la cruauté du Capucin qui avait brutalement rompu avec cette ravissante marquise et qui aurait dû mettre plus de formes, plus de courtoisie dans ses procédés.

Bref, tout Florence s'occupa de cette affaire et le prince Louis Napoléon plus que personne.

Il resta atterré devant le carrosse de la Fiammina.

On se moqua de lui comme de ceux qui ne savent cacher le dépit que leur cause une déconvenue ; il s'enfuit sous une pluie

de sourires accompagnés de regards moqueurs et soutenu par
son ami Francesco.

— Eh, lui dit celui-ci, vous voilà distancé par le comte !

— Hélas !

— C'est bien fait !

— Pourquoi ? Vous aussi vous m'abandonnez, vous vous riez
de moi !

— Vous le méritez ! Comment l'idée ne vous est-elle point
venue de vous déguiser en capucin ; le costume vous eut convenu.

— On ne pense pas à tout. Cette maudite passion m'enlève toute
initiative.

— C'est fâcheux. Je vous avais bien dit que la Fiammina était
femme à se donner à qui l'étonnerait ; il faut la surprendre.

— Mais comment ?

— Dam, déguisez-vous aussi.

— En moine ?

— Non pas. Reprend-on deux fois l'alouette au même piège ?

— Quel costume prendre ?

— Que sais-je moi. Mettez une jupe.

— Tiens, c'est une idée !

— Vous trouvez ?

— Mais oui, une bonne idée !

— Au fait, bien rasé, pâle comme vous l'êtes, vous passeriez
facilement pour une femme ; la Fiammina ne se défierait point.

— Et je pourrais l'aborder.

— Portez-lui un chapeau, une robe, une paire de bottines.

— Une robe ! Une robe de sa couturière à lui essayer...

— A la bonne heure, conclut Francesco, quand vous vous mettez
en frais d'imagination. Vous inventez des choses très drôles !

— Il faudrait se mettre en quête de la couturière de la Fiammina, arranger toute cette affaire avec elle...

— Je m'en charge... mais soyez discret.

— Je suis muet ; c'est une de mes forces ! dit le prince.

— Je vous quitte et m'occupe activement de cette affaire, il m'est pénible de vous voir, vous prince, vous mon ami, supplanté par ce grand faquin de comte.

Ft Francesco s'occupa activement en effet de l'affaire.

Il l'avait promis et il tenait ses promesses ; il mit même tant de zèle à mener rondement cette intrigue qu'il en termina les préparatifs en quarante-huit heures.

— Prince, vint-il dire à Louis-Napoléon, vous n'avez plus qu'à venir vous habiller. La couturière, bien payée, consent à vous servir. Ça m'a coûté cher, mais vous me rendrez ça, quand vous serez duc de Bologne, roi de la Haute-Italie ou de Naples.

Le prince se jeta tête baissée dans cette aventure.

Il aurait dû réfléchir cependant à plusieurs détails qui lui auraient paru suspects.

Comment s'expliquer qu'une grande couturière, ayant pour cliente une femme comme la Fiammina, consentait, même à prix d'argent, à se prêter aux fantaisies dangereuses et compromettantes du prince ?

Mais ce flegmatique se lançait à corps perdu dans les entreprises les moins bien combinées comme s'il eut été un cerveau brûlé.

Témoins les coups de tête de Boulogne et de Strasbourg.

Il ne calcula rien, ne s'inquiéta point des difficultés et il pensa qu'il n'avait qu'à paraître, se jeter aux genoux de la dame, lui dire je suis un homme, je suis le prince, mon déguisement est bien plus drôle que celui de capucin ; riez un peu et embrassons-nous.

On l'habilla.

Si aveuglé qu'il fût, il fit remarquer :

— Mais cette robe me va mal.

— On n'a pas pris mesure ! répliqua Francesco. Et puis vous êtes une simple ouvrière ; trop bien mise, vous exciteriez les soupçons.

— Mais cette coiffure est insensée ; j'ai une tête impossible avec ces bandeaux et ces nattes rousses.

— Au moins cela déroute tout soupçon. Et les laquais ne vous pinceront pas les mollets quand vous monterez les escaliers.

Il fit en vain remarques et observations; Francesco trouva réponse à tout.

Tant et si bien qu'il partit dans une voiture encombrée de cartons.

Il se présenta chez la Fiammina, avec un de ces cartons sous le bras.

Le concierge l'accueillit sans observations; mais il le fit attendre.

— Madame est aux bains! lui dit-on. Patientez! on vous préviendra.

Pendant qu'il se morfondait dans une antichambre, plusieurs voitures qui se rendaient aux cascines plus tôt que d'habitude, s'arrêtaient ici et là dans le voisinage, sous prétexte de visites; beaucoup de fenêtres s'ouvraient et se garnissaient, quoique ce fut encore l'heure de la sieste.

Des bandes de gamins arrivaient, conduites par des hommes de mauvaise mine qui semblaient avoir de mauvais desseins.

Dans ce quartier aristocratique, point de police, point de surveillance.

La rue se gonfla de gens sans aveu et de gens à équipages; çà et là des piétons gantés; tout ce monde semblait avoir obéi à un mot d'ordre.

On s'interrogeait?

Entre gens comme il faut on se demandait avec un certain étonnement :

— Comment, vous, ici !

— Oui. Et vous?

— Moi aussi ?

— Pourquoi ?

— On m'a dit de me trouver dans cette rue, parce qu'il s'y passerait quelque chose vers trois heures de l'après-midi.

— C'est comme à moi. J'ai reçu le même avis et me voilà.

— Sans plus savoir ?

— J'attends curieusement.

— Et ce peuple ?

— Il sait peut-être quelque chose.

— Questionnons.

— Juste, voilà un gamin que je connais pour lui faire faire des commissions.

Au gamin :

— Ici, Pietro.

— Voici, signor. A vos ordres.

— Tiens, pour toi cette pièce, si nous dis la vérité.

— Que veut savoir Votre Excellence!

— Pourquoi es-tu là ?

— On m'a donné cinq sous et l'on m'a demandé d'être là avec des trognons de choux, de salades et de fruits pourris dans mes poches. C'est tout ce que puis dire, ne sachant rien de plus.

— Qui t'a donné les cinq sous?

— Un portefaix.

— Crois-tu que ce soit une émeute ?

— Oh! non.

— Pourquoi ?

— Quand il doit avoir émeute, les mouchards préviennent la police et les soldats prennent les armes; je suis passé devant les casernes; il n'y avait rien de nouveau.

— Il a raison, ce gamin. Va!

Et tout le monde s'enquérait et personne ne trouvait, ne devinait rien.

Pendant ce temps, le prince s'ennuyait fort.

Peut-être son rôle commençait-il à lui peser, quand un valet de chambre vint lui dire :

— Venez! Madame vous attend.

Il frissonna d'aise et d'espoir, pénétra dans le boudoir de la Fiammina et s'annonça comme étant la couturière chargée d'essayer la robe.

Il avait une inquiétude : le perroquet, ce terrible perroquet qui était là, sur son perchoir, qui le regardait de ses gros yeux ronds et qui faisait craquer son énorme bec.

Mais il espéra qu'on le mettrait en cage au bon moment, comme on avait fait, parait-il, pour *le Capucin*.

La jeune femme ne parut pas surprise de l'étrange accoutrement de l'ouvrière, elle ôta son peignoir et montra aux yeux émerveillés du prince une gorge dont la Vénus de Médicis eût été jalouse.

La Fiammina sortait du bain ; les fraiches senteurs de ses chairs parfumées montèrent au cerveau du prince qui perdit la tête ; il tremblait en dépliant la robe ; il tremblait plus encore en l'essayant ; ses doigts frémissaient en se promenant sur les belles épaules de la grande courtisane.

N'y tenant plus, il mit un baiser sur une fossette que formait le bras étendu de la jeune femme.

Elle se retourna, poussa un cri, sauta sur la sonnette et appela.

Le perroquet qui avait déjà donné des signes d'impatience, quitta son perchoir et tomba sur le prince ; il se livra entre eux une bataille acharnée.

Cramponné des serres dans la robe de la fausse couturière, lui enfonçant les pointes de ses griffes dans la poitrine, le perroquet soufflait des ailes la figure de son adversaire et cherchait à lui crever les yeux.

Le coup de sonnette avait amené du monde.

Le mari, ce mari si peu gênant, dont personne ne parlait, que l'on ne voyait jamais et qui laissait le *capucin* confesser sa femme tant et plus, le mari apparut.

— C'est un homme ! lui dit la Fiammina en lui montrant le prince aux prises avec le perroquet.

Deux grands valets étaient aussi venus à la rescousse.

Eux et le mari tombèrent sur le prince effaré avec des cravaches qui se trouvèrent là comme si elles avaient été préparées d'avance ; le plus petit des Napoléon s'enfuit en hurlant.

Le concierge, dans cette comédie préparée d'avance, avait ouvert la porte et faisait de grands gestes à la foule, en criant:

— Infamie! trahison! Un homme déguisé en femme a voulu surprendre la signora Fiammina au bain.

— Horreur! criaient les matrones d'un marché voisin, accourues très à propos. Il faut le fouetter ce polisson-là!

Et la foule hurlait.

— A bas! A bas!

Le prince déboucha dans la rue.

Le perroquet, accroché et empêtré des griffes dans les plis de la robe, ne pouvait plus se dégager; il faisait rage et poussait des cris étranges.

Le prince, relevant ses jupes, franchit la porte houspillé par les cravaches; il était dans un état pitoyable; ses faux cheveux pendaient sur ses épaules, il avait perdu une bottine, il avait les deux oreilles en sang.

Il fit sur cette multitude l'effet d'un chien fou qui fuit avec une casserolle à la queue, et auquel on a crié: tayau! en lui lançant des pierres.

Il se lança tête basse.

On le laissa passer, mais en le huant et en l'accablant d'ordures; les gamins lui appuyèrent une chasse désopilante jusqu'au moment où il sauta dans une voiture qui partit au galop sur promesse d'une forte *bonne-main* (pourboire).

Derrière lui, le prince laissait Florence en liesse, s'esbattant dans une joie folle, car cette ville adore ces farces carnavalesques.

Ce que l'on s'esclaffa le soir aux cascines sur le compte du prince, ce que l'on fit de concetti, de quatrains, de couplets sur cette aventure, ce que l'on raconta de détails burlesques est inimitable, pour qui ne connait point les Florentins.

Les caricatures au charbon couvraient les murailles, les polissons hurlaient la chanson du perroquet, les échos de la ville et de la campagne retentissaient des rires que soulevaient le nom du prince.

C'en était fait, pour lui, de tout prestige, de toute espérance.

Ce qui lui fût le plus désagréable, c'est qu'il apprit, à n'en point douter, qu'il avait été joué par Mazzini.

Il ne retrouva plus Francesco que longtemps après, dans le procès d'Orsini.

Quant à la Fiammina, elle disparut de Florence le soir même de son aventure, et retourna en France.

C'était une chanteuse du Théâtre-Italien, courtisane très en vogue à Paris, mais patriote dévouée et toute aux ordres de Mazzini.

L'homme qui fût le plus heureux en cette affaire, fut sans contredit *le Capucin*.

Il avait eu pendant quelques jours une maitresse adorable, que tous lui enviaient ; elle partie, il se réconcilia avec sa marquise, à laquelle il fut plus cher que jamais.

Quant au prince Louis-Napoléon, il quitta Florence pour aller insulter le Pape au Vatican, et se rendre aussi ridicule à Rome qu'à Florence.

II

UNE MASCARADE A ROME.

SOMMAIRE. — *Les principes de la Reine Hortense.* — *Le prince entretenu.* — *La sœur d'un cardinal.* — *Le chef de bande Gaspari.* — *Comment on se débarrasse d'un ennemi gênant et... réciproquement.* — *Une mascarade de prince en novembre.* — *Les dragées de Verdun.* — *Une mort tragique,* — *La colique du prince.* — *Insulte au pape !* — *Ce que fit l'ex-roi Louis de Hollande.* — *Pauvre Sire !*

Après l'aventure de la *Femme au Perroquet* le prince se sentit impossible à Florence ; il reçut de la reine Hortense une lettre sévère, l'invitant à se réhabiliter à tout prix.

Mais comme elle se défiait de son bon sens et de ses idées, elle l'appela près d'elle à Rome où elle passait la saison d'hiver.

Le prince accourut.

La reine le chapitra sévèrement.

Elle lui expliqua la vrai ligne de conduite que devait tenir un prétendant pauvre.

Elle avait pour principe qu'un prince sans argent doit se faire aimer par des femmes riches, bien posées dans le monde et capables de faire faire grande figure à leur amant.

Mais s'enamourer, comme avait fait Louis-Napoléon, d'une courtisane, avec laquelle il ne pouvait que dépenser, c'était folie.

Il devait se pourvoir d'une protectrice archi-millionnaire qui saurait garder les convenances ; rien n'empêcherait le prince d'avoir ici et là discrètement, pour les besoins du cœur, des maitresses ignorées, de peu de dépens, qui ne connaîtraient ni son nom ni son titre.

Le prince écouta, avec une respectueuse déférence cette mère expérimentée qui lui fit toucher du doigt la bêtise qu'il venait de commettre ; elle essaya de le mettre en garde contre les dangers de l'avenir.

Il pouvait pour la stratégie se fier à cette vieille caillette qui en avait fait voir de toutes les couleurs à son mari.

Celui-ci, étant encore roi de Hollande, fut secrètement averti qu'elle était couchée avec un amant ; il accourut dans la chambre de la reine, l'épée à la main.

L'amant était un page de seize ans, joli, blond, rose et frisé.

La reine, surprise, entendant la porte céder sous un coup de pied violent, se hâta de coiffer son page avec son propre bonnet de dentelles et demanda au roi pourquoi tout ce tapage.

Elle parvint à lui persuader qu'elle était couchée avec une de ses filles d'honneur.

Cet excellent Louis le crut.

Pauvre mari !

Pauvre père !

Pauvre roi !

On peut juger, d'après ce trait historique, si la reine Hortense était capable de donner à son fils d'excellents conseils ès *choses d'amour*.

Elle lui nomma dans Rome une dizaine de veuves excessivement riches auxquelles il pouvait faire fructueusement sa cour.

Le prince dont le gousset était vide, se résigna facilement à chercher quelque douairière qui le lui remplît.

Il se présenta dans les salons et chercha à plaire aux vieilles femmes riches.

Sur les bons avis de la reine Hortense, il visa la sœur aînée d'un cardinal fort bien en cour et qui jouissait de la confiance du Pape.

La signora Leonora était la veuve d'un simple commerçant qui avait fait une fortune considérable, grâce au cardinal son beau-frère ; ils s'étaient associés tous deux pour trafiquer de tout, et ils avaient pleinement réussi.

Le mari de Leonora était un sot ; mais le cardinal avait de l'esprit pour deux et il ne reculait devant aucun trafic.

Une des branches fructueuses de l'industrie des deux associés était l'exploitation du brigandage, admirablement organisé, du reste, dans les États-Romains et sur la frontière.

Les deux associés soutenaient, nourrissaient, protègeaient les bandes les plus célèbres ; ils leur faisaient tenir de bons avis, leur facilitaient les grands coups, leur donnaient les moyens de déjouer les poursuites, et faisaient évader les brigands faits prisonniers par des carabiniers trop zélés.

Les personnes curieuses de connaitre les particularités de cette scandaleuse association, n'auraient qu'à lire l'excellente *Histoire du brigandage en Italie*, par Emile Salié.

On y voit comment le cardinal et son beau-frère, gagnèrent des sommes considérables par les remises que les chefs de bandes leur firent.

Mais, un beau matin, il arriva un accident au beau-frère du cardinal ; il mourut...

On prétendit que cette mort n'était point naturelle, que le patient avait eu des colliques épouvantables, qu'il se tordait dans les convulsions de l'agonie, en s'écriant :

— Mort de moi !

« J'ai bu le poison des Borgia !

S'il en était ainsi, les empoisonneurs ne s'étaient point mis en frais, car le poison des Borgia était tout simplement de l'arsenic.

Toujours est-il que la famille, ayant demandé l'autopsie, la veuve s'y opposa et aussi la police, sous le prétexte que fouiller les entrailles d'un chrétien, exhumé de terre bénie, c'était offenser Dieu et l'Église.

Les cancans n'en furent que plus actifs et les accusations devinrent virulentes.

On accusa le cardinal d'avoir été l'amant de sa sœur.

Rien d'étonnant à cette grosse immoralité.

L'inceste, depuis les Borgia, est de tradition à la cour de Rome.

Mais ce n'était pas assez.

De plus, les deux époux s'étant tout donné entre-vifs, on accusa la femme d'avoir empoisonné le mari.

On parlait encore de démêlés fort vifs entre le cardinal d'une part, son beau-frère et le fameux brigand Gaspari, d'autre part.

Après la mort du mari, le partage des biens s'était fait entre le cardinal et sa sœur à leur satisfaction réciproque.

La famille avait crié.

Le plus enragé, un frère du mari, avait reçu un avertissement terrible.

Gaspari, le fameux chef de bande, l'avait fait enlever, puis il lui avait fait couper la langue ; après quoi il l'avait renvoyé avec cet écrit pendu dans le dos, sur une planchette :

« Ainsi seront traités ceux qui parleront mal de Gaspari *et de ses amis !*

L'avis avait porté.

Jamais personne ne s'était avisé de dire un mot sur l'affaire.

A ceux de nos lecteurs que pourrait étonner l'entente entre des chefs de brigands et un cardinal, nous dirons : — Au temps de l'occupation française, vers 1860, les généraux italiens et les ministres de Victor-Emmanuel firent parvenir aux autorités françaises à Rome, les preuves indéniables de la complicité des plus hauts dignitaires de la cour papale avec les bandits qui désolaient la Romagne.

Notre diplomatie et nos généraux n'en voulaient rien croire, mais une enquête révéla des faits monstrueux qui déshonoraient l'entourage de Pie IX.

Il fut prouvé que plusieurs cardinaux entretenaient des bandes et partageaient le butin.

Ce sont là des faits historiques indéniables sur lesquels on n'a jamais assez insisté en France.

La longue impunité de Gaspari s'explique donc par les grands services qu'il rendit au cardinal ; celui-ci mort, Gaspari fut pris.

On aurait dû le décapiter.

L'ombre de son protecteur le sauva de la mort, on lui fit une douce captivité au bagne de Civita-Vecchia où il vivait encore en 1866, puisque je l'y ai vu.

A cette époque, il avait déjà confié à M. Emile Solié, les fameux mémoires qui parurent en partie dans le journal *le Siècle*, sous l'empire.

Cette feuille n'osa pas raconter ce qui, dans les notes de Gaspari, avait trait à Louis-Napoléon pendant son séjour à Rome; mais cette lacune est comblée aujourd'hui.

Le prince Louis ignorait-il certaines particularités du passé de la signora Leonora? La reine Hortense était peu et mal informée?

C'est supposable.

Autrement aurait-elle lancé son fils dans cette intrigue qui devait se dénouer d'une façon tragique!

Si la reine avait su que le cardinal avait deux bâtards et une nièce qu'il aimait beaucoup trop, dit-on; si elle avait su que la mère du dernier bâtard vivait encore et se montrait très avide pour assurer son sort et celui de ses enfants, à coup sûr elle aurait compris qu'il était dangereux de faire exploiter par le prince, la sœur du cardinal dont l'héritage était couché en joue par des gens que rien n'arrêtait, et qui auraient conservé la tradition des Borgia.

Il y a quinze ans, alors que l'impératrice Eugénie faisait régner en France le cléricalisme le plus intolérant, il eut semblé extraordinaire aux masses catholiques qu'un cardinal fit des petits bâtards, et eût sa nièce pour maîtresse.

Mais depuis les scandaleuses révélations du procès intenté par la fille du cardinal Antonelli, je pense que personne ne s'étonnera plus en France des mauvaises mœurs des prélats romains.

Ai-je dit que dans la famille des Bonaparte, il y avait un cardinal dont l'empereur espérait faire un pape?

Le cardinal Fesch était une parfaite nullité, du reste; sa bêtise n'a jamais été contestée par parsonne! S'il n'eut pas été un sot il eut averti le prince Louis qu'il jouait sa vie.

Tout au contraire, ce fut lui qui le présenta à la signora Leonora.

Celle-ci était une de ces belles ruines qui restent imposantes malgré les ravages du temps ; plus de dents, plus de cheveux, une poitrine déformée et des rides éloignaient d'elle les jolis garçons de Rome ; mais elle avait encore, aux lumières, une très grande mine.

On admirait son profil aquilin comme celui du cardinal son frère ; son œil était encore vif sous ses sourcils peints ; le pied, ce qui est rare à Rome, était petit ; la main large et effilée, entretenue par des cosmétiques eut fait honneur à une jeune femme.

La signora Leonora sanglait sa belle taille de Transteverine, emprisonnait sa gorge dans un corset, et mettait un ratelier qui, pour ce temps là, était un chef-d'œuvre.

Elle avait acheté d'une Napolitaine une chevelure splendide et elle se fardait avec art.

En cet état, elle ressemblait à ces vieilles cathédrales auxquelles une restauration habile redonne l'apparence d'autrefois ; le prince la vit et... l'aima.

Ce que je dis là peut paraître invraisemblable ; mais les mémoires du temps sont très nets à ce sujet.

Leonora fut, du reste, d'une habileté consommée.

Elle s'aperçut des intentions du prince ; mais au lieu de se jeter à sa tête, elle résista ; c'était une rouée coquette qui avait bien pénétré le caractère de ce jeune homme ; en lui résistant du reste, elle était fort habile, qu'il fût épris ou non ; vraiment amoureux, il ne pouvait manquer de se passionner davantage ; si même, il ne la voulait qu'au point de vue de la haute influence et de la fortune, c'était prendre une bonne situation vis-à-vis de lui, dès le début, que de ne pas céder facilement.

On estime généralement fort, ce que l'on a eu beaucoup de peine à conquérir ; le prince à défaut d'amour, ne pouvait manquer de concevoir un certain respect pour une femme qui semblait ne pas faire grand cas de lui.

Le calcul était si juste qu'il arriva cette fois ce qui arriva toujours depuis aux femmes, qui surent résister à Louis-Napoléon ; il s'acharna à réussir ; toute l'histoire de ses amours est marquée par ce trait de caractère ; c'est en lui résistant que miss Gordon le domina, c'est en lui résistant que l'impératrice Eugénie se fit épouser.

Le prince se donna en spectacle dans les salons de Rome comme au Casino à Florence ; on vit ce blond jeune homme, terne et fadasse, se pâmer devant la signora Leonora que ce culte comblait d'orgueil et de joie.

La comédie dura assez longtemps pour amuser la Ville Eternelle.

L'aventure de Florence était connue des Romains qui purent voir le prince accompagnant la signora Leonora à la messe, portant son livre d'heures, son éventail et son ombrelle, se pâmant niaisement devant cette majestueuse vieille dame et méritant par son attitude ridicule les quolibets du peuple et les railleries des grands.

Mais il en arriva où il voulait.

Il fut enfin l'amant de sa belle.

Celle-ci se prit d'affection pour lui; non qu'il fût joli homme, tant s'en fallait; mais il était blond, il avait les yeux bleus, il était d'une douceur qui le rendait cher à cette brune impérieuse et dominatrice; puis c'était un prince, un jeune homme, et dame Léonora se comparait à Ninon de Lenclos, par ce triomphe remporté si tard.

Elle passait pour avare, mais elle se montra généreuse, car le prince mena un plus grand train et il put se payer le luxe d'un cheval et d'un écuyer.

Quelqu'un qui ne fut point content, ce fut le cardinal; il adressa des représentations à sa sœur, qu'il trouva très déterminée à ne point rompre avec son prince.

— Il vous mangera jusqu'au dernier sou, lui dit le cardinal furieux.

— Qu'importe! fit-elle. Je n'ai point d'héritiers directs et les vôtres seront assez riches de votre succession.

Parole imprudente.

Le cardinal reçut le coup sans broncher et dissimula; il était prêtre et diplomate.

Il fit mieux.

Avec une rare hypocrisie, il eut l'air de se laisser conquérir par le prince, dont il se déclara bientôt le protecteur et l'ami.

La reine Hortense se laissa prendre à ses manières et crut pouvoir compter sur l'influence du cardinal pour faire pardonner à son fils une équipée devenue nécessaire.

Je veux parler de cette fameuse mascarade du 15 novembre 1830 dont toute l'Europe s'occupa et qui fut un coup de tête politique du prince.

Depuis qu'il était carbonaro, Louis-Napoléon, malgré son ambition, n'était même pas arrivé à commander une *vente* de dix hommes.

Cela le désespérait.

L'affaire de Florence n'était pas faite pour le relever aux yeux des patriotes et leur inspirer confiance en lui.

Il le sentait bien.

Cependant, à tout prix, il fallait se relever aux yeux des Italiens et du monde.

Le prince et sa mère eurent l'idée d'une manifestation qui devait, selon eux, produire sur les masses un effet considérable.

Rome, comme toutes les villes italiennes, était en effervescence depuis la Révolution parisienne de 1830 ; on était, à cette époque, en novembre de la même année.

Le prince imagina de s'affubler d'un costume de l'ancienne armée italienne ; on espérait réveiller ainsi les vieux souvenirs de gloire dans le cœur du peuple.

Malheureusemnet jamais les Napoléon ne brillèrent par le bon goût ; ils n'avaient pas, je l'ai dit, le sentiment du ridicule.

Qui ne se souvient du bizarre accoutrement de la ligne française lorsqu'elle porta sous l'Empire, pendant quelques années, une affreuse petite veste, une culotte à la zouave et des jambières !

C'était hideux !

Cependant l'empereur était enchanté d'avoir ainsi affublé nos soldats.

Il n'avait pas été plus heureux à Rome, en 1830, dans le choix de son uniforme ; il se souvint de Murat dont le général Lassalle dit un jour à l'empereur : — Votre empanaché de beau-frère fait crever de rire toute l'armée en s'emplumant comme ça ! —

Murat, en effet, était brave, mais grotesque ; il se chamarrait d'or sur toutes les coutures, portait des pantalons bouffants insensés.

C'était une véritable caricature.

Le prince se fit envoyer une gravure représentant l'ex-roi de Naples à cheval, et il se commanda en secret un habit de tous points semblables; mais il voulut que la chabraque fût tricolore.

On juge de l'effet.

L'uniforme prêt, le grand jour arrivé, le prince monta sur le cheval que lui avait donné sa maîtresse, il se fit suivre de son écuyer, cavalcadour habillé en lancier polonais, et, il se promena dans Rome excitant l'hilarité des uns, la stupéfaction des autres, et ameutant dix mille personnes qui se mirent à suivre *ces déguisés*, se demandant si le carnaval était commencé.

Pas un cri de : Vive Napoléon!

Des moqueries, des coups de sifflets dans les rues aristocratiques, le silence dans les quartiers populaires qui ne comprenaient rien à tout ce qui se passait.

Le prince rentra chez lui enchanté et convaincu qu'il venait de frapper un grand coup.

Le même soir il recevait l'ordre de partir de Rome et de quitter les Etats-Romains dans les quarante-huit heures; le pape se fâchait.

Le prince, naturellement, alla trouver sa maîtresse qui courut chez son frère le cardinal pour le conjurer d'intercéder auprès du Saint-Père.

— Impossible? dit le cardinal.

— Parce que?

— Parce que le Saint-Père en ce moment est exaspéré contre le prince et qu'il faut laisser tomber cette colère.

— Cela durera ?

— Quelques mois.

— Très bien. Je pars avec le prince !

— Ma chère amie, partez, mais avant ou après ce jeune homme. Sauvez les convenances, je vous en prie; s'il va d'un côté, allez de l'autre. Vous vous rejoindrez au bout d'une semaine ou deux.

Et il se fit charmant.

— Surtout, lui dit-il, ne faites pas la folie de réaliser des fonds, ne vendez quoique ce soit. L'argent se fait rare depuis que cette maudite Révolution a mis l'Europe en feu. Mais j'ai une réserve.

— Merci ! dit-elle, gagnée par cette offre.

— Pas de folies, n'est-ce pas, dit-il. Que tout se passe décemment ; je compte sur votre expérience.

Il l'endormit ainsi.

Le lendemain, nouvelle entrevue avec sa sœur pour régler le départ : pendant qu'il la berçait de politesses, le valet de chambre gratta à la porte, et entra sur l'appel du maître.

— Qu'est-ce ? demanda le cardinal.

— Un cadeau que l'évêque de Verdun envoie à Votre Excellence par un de ses prêtres qui vient solliciter un bref du Saint-Père.

— Ouvre ! dit le cardinal.

Et à sa sœur :

— Verdun ! C'est une ville fameuse en Europe par ses dragées. On les dit sans rivales.

Le cardinal connaissait le faible de sa sœur pour les friandises ; l'amour des sucreries est un petit défaut tout italien.

Leonora poussa un cri d'admiration en voyant sortir du coffret des sachets de satin contenant des dragées de toutes sortes.

Elle en goûta de chaque sorte, les trouva parfaites et leur fit si bien fête que son frère lui dit :

— Leonora, prenez garde, cher âme, vous vous ferez du mal. Si vous les aimez, emportez-les ; mais ménagez-vous, et prenez garde aux coliques.

Tout étant convenu et arrêté pour le départ, le frère et la sœur se séparèrent après s'être embrassés.

— Vraiment, dit le cardinal, je vous donne ce baiser comme si c'était le dernier. J'ai de tristes pressentiments : il me semble que nous ne nous reverrons plus, ma chère Leonora.

— Quoi ! vous seriez malade ?

— *Chi lo sa.* On n'est sûr de rien en ce bas monde.

Ils se séparèrent sur un mot du cardinal.

— Je pars aussi, moi ! Je vais à Viterbe.

— Pourquoi ?

— Pour justifier votre fugue. On croira que vous venez me rejoindre.

Et le cardinal quitta Rome.

Il avait de bonnes raisons pour cela.

Sa sœur revint chez elle et y trouva le prince qui l'attendait pour prendre congé.

Il avait été convenu que, selon les désirs du cardinal, on resterait séparé pendant quelque temps.

La princesse ne devait se mettre en route que dans quinze jours ; elle se préoccupa beaucoup de savoir si son prince avait tous les viatiques utiles, elle lui donna encore de l'argent.

Tout en causant, elle lui avait montré le cadeau du cardinal et il avait mangé une ou deux dragées ; mais il était plus friand de champagne que de pralines.

La signora Leonora donnait, du reste, depuis quelques instants des signes de fatigue et de souffrance, ce qui préoccupait le prince.

— Qu'avez-vous donc ? demanda-t-il. Vous êtes pâle et vous avez les yeux abattus.

— Maudites soient ces dragées de Verdun ! dit-elle. Mon frère m'avait bien dit qu'elles me feraient mal.

Elle fut prise d'une défaillance subite et forcée de s'asseoir ; elle fut prise de coliques atroces et elle éprouva une soif ardente.

— De l'eau ! demandait-elle. De l'eau !

Le prince sonna.

Les domestiques accoururent.

— Un médecin ! ordonna le prince.

Il s'en trouvait un, celui même de la princesse, dans la maison : c'était un singulier hasard.

On remarqua qu'il fit sortir tout le monde, même le prince ; il ne garda près de la malade qu'une femme de chambre à laquelle le cardinal fit des rentes plus tard.

La pauvre Leonora, en délire, réclamait un vomitif ; le médecin se refusa à le lui donner, se contentant de prescrire des frictions inutiles et insignifiantes.

La malheureuse, dans son agonie, comprit qu'elle était empoisonnée; elle voulut un prêtre; celui qui vint était tout acquis au cardinal.

Elle refusa de se confesser à lui.

Pendant ce temps le prince se sentait, lui aussi, pris de douleurs d'entrailles.

Il se tordit sur le plancher, puis sur le lit où il fut porté.

Mais il avait pris peu de poison et il en fut quitte pour quelques heures de souffrance.

Le poison passa ne laissant au prince qu'une infirmité désagréable; il salivait beaucoup, par la suite, et bavait en dormant, ce qui semblerait prouver que le poison était de l'arsenic dont ce sont là les effets ordinaires.

Il n'était point difficile de comprendre d'où venait le coup.

Le terrible cardinal, voyait sa sœur engouée du prince et prête à jeter pour lui son patrimoine dans les aléas d'une politique qui ne pouvait aboutir.

Pour conserver à ses fils et à sa nièce cet opulent héritage, le frère n'avait pas hésité à empoisonner la sœur avec des dragées.

Celle-ci mourait de la même mort que son mari.

Juste retour des choses d'ici bas !

A cinq ans de là, le cardinal qui tardait trop à mourir, était étouffé entre deux oreillers par la mère d'un de ses bâtards et avec la complicité de son valet de chambre.

Comme toujours le Saint-Siége défendit toute information à ce sujet ; on craignait le scandale et puis le cardinal était devenu le chef d'une coterie très gênante qui avait contre elle la puissante Compagnie de Jésus.

La mort de la signora fit du bruit dans Rome...

Mais elle se compliquait de la maladie du prince Louis.

La famille de celui-ci aurait volontiers poussé les hauts cris et accusé le cardinal; celui-ci avait pris ses précautions; il avait envoyé à la reine Hortense un homme qui se présenta audacieusement devant elle.

Cet homme portait le costume des paysans de la campagne ro-
maine, mais il avait vraiment un grand air et une fière tour-
nure; il donna à l'ex-reine de la Majesté autant qu'elle en
voulait; mais il ne parut ni décontenancé, ni intimidé, tant s'en
faut.

Comme il avait demandé à parler à la reine, celle-ci crut que
c'était un affidé des carbonari, venant lui donner quelques bons
avis au sujet du prince; elle le reçut dans son boudoir.

Il salua de fort bonne grâce et dit :

— Je viens vers votre Majesté, députe par celui qui commande
aux chemins et qui est maître des routes. Gaspari, le roi des
Apennins, m'a ordonné de présenter ses hommages à votre gracieuse Majesté et de lui demander une grâce.

La reine, profondément étonnée, écoutait un peu pâle.

Le nom de Gaspari jetait la terreur dans Rome même.

Le messager reprit :

— Gaspari qui est à Rome en ce moment, vient d'apprendre la
mort de la signora Leonora et l'indisposition du prince Louis; il

BIBLIOTHÈQUE

désire dans l'intérêt de tous, que cet événement soit présenté comme une double tentative de suicide, dont une seule aurait réussi.

Le messager attendit.

La reine réfléchissait.

Pour la décider, le messager lui dit :

— Le prince part, il faut qu'il franchisse la frontière ; si Rome n'est pas persuadée que votre fils a voulu se suicider avec sa maîtresse, au désespoir qu'ils étaient d'une séparation forcée, Gaspari sera obligé de pendre à un arbre le pauvre jeune homme qui passera pour s'être passé lui-même au cou la corde fatale. On dira que s'étant manqué à Rome, il a réussi à se donner la mort dans la campagne.

— Et vous avez osé vous charger de ce message ?

— Je suis l'un des lieutenants de Gaspari, Majesté ; quand il commande, on obéit ou l'on se résigne à quitter la vie. Mais j'ajoute que j'étais enchanté d'être choisi pour cette agréable mission qui me permet de contempler une reine célèbre par sa grâce souveraine. Je serais au désespoir si, ne me faisant point bon accueil, elle forçait Gaspari à venger son ambassadeur.

Hortense était trop fine pour ne point deviner que derrière cet homme, outre Gaspari déjà fort à craindre, il y avait le cardinal beaucoup plus redoutable encore ; elle promit de faire ce qu'on exigeait d'elle.

Le messager se retira avec force marques de respect.

Le soir même, dans les salons de Rome, on racontait le suicide de la signora Leonora et du prince, sauvé par miracle ; il avait pris trop de poison et l'avait rejeté.

Cette fable fut généralement acceptée en ce moment ; on ne connut la vérité que plus tard ; le prince eut un ridicule de plus. Se suicider avec une vieille femme parut le comble de la niaiserie, se manquer était trop bête ou trop adroit.

Les commentaires furent aussi nombreux que méchants.

Le prince avait donc été aussi maladroit à Rome qu'à Florence, et Mazzini en était fort heureux ; le prétendant était absolument perdu de réputation comme homme :

Restait à le compromettre comme soldat.

Il avait juré d'obéir aux ordres des carbonari ; l'heure d'agir était venue ; le prince devait être sommé de se mettre en campagne à la tête d'une troupe d'insurgés.

Il s'était réfugié chez son frère, à Florence, et il s'y tenait bien caché, espérant qu'on ne saurait l'y découvrir.

Mais Mazzini avait donné l'ordre de le surveiller de très près, partout où il irait.

Il fut donc très surpris, lorsqu'un soir il reçut la visite d'un carbonari qui lui intima l'ordre de se rendre à l'instant avec lui à la séance de la vente Florentine.

Là se trouvait le brave patriote Menotti, l'ami de Garibaldi, qui, par vénération, a donné le nom du célèbre chef à l'un de ses fils.

Menotti, chef des ventes de la Toscane, reprocha au prince ses étourderies, ses idées ambitieuses, ses arrière-pensées de prétendant, sa louche façon d'agir, ses indélicatesses ; il lui dit enfin :

— Vous avez ambitionné un commandement ! On va vous le donner. Conduisez-vous devant l'ennemi de façon à racheter vos fautes passées. Vous allez immédiatement vous rendre au camp insurgé, et vous organiserez la ligne de défense qui s'étend de Foligno à Cività-Castellana.

Le prince était pris dans un dilemme ; il fallait ou obéir ou s'exposer à la mort.

Il était lâche.

Ou désobéir et se déshonorer cette fois absolument devant l'Italie, devant l'Europe.

Il était ambitieux.

Il promit de partir ; mais il louvoya.

Il avertit sa mère.

Celle-ci lui fit écrire par le prince Jérôme et par le cardinal Fesch qu'il ne devait pas se mettre à la tête des insurgés ; le nom des Bonaparte ne pouvait manquer d'inquiéter les grandes puissances, et la présence du prince ne pouvait avoir qu'un résultat : pousser l'Autriche à lancer ses troupes contre les troupes libérales. »

Louis-Napoléon, fort de cette lettre, l'envoya à ses chefs, disparut de nouveau, se fit chercher et quand il fut trouvé par l'ordre de marcher quand même, tout était fini ; les Autrichiens avaient pris Modène et Bologne. Louis s'embarquait à Ancône.

La comédie était finie.

Mais la pièce n'avait pas été dénouée à l'avantage du prétendant, tout au contraire.

Il laissait en Italie une réputation déplorable.

On disait de lui :

Lâche, traître et ruffion.

Sous le coup du mépris général, il résolut de se relever par une insolence sans danger.

Il se présenta à l'Europe comme le chef des insurgés italiens et il écrivit au Pape une lettre injurieuse.

Le Pape demanda conseil au frère de la signora Leonora qui, n'ayant aucun sujet de ménager l'ex-amant de sa sœur, eut une idée ingénieuse.

Il savait combien le mari de la reine Hortense, l'ex-roi Louis, méprisait sa femme et le prince Louis, son fils à lui par la loi, mais bâtard adultère de Verhuel; l'émissaire eut l'ordre d'exploiter les ressentiments du roi.

Il fut habile.

Il revint à Rome avec une lettre foudroyante de l'ex-roi.

Il faisait ses excuses au Pape pour l'insolence du prince Louis, et il le reniait ainsi .

« *Quant à celui-ci, Saint-Père, vous le savez, il a usurpé mon nom.*

« *Grâce à Dieu, il ne m'est rien !...*

« *Sa mère est une Messaline qui malheureusement fait des enfants.* »

Le Pape, poussé par le cardinal, publia cette lettre qui eut un retentissement immense.

Le prince et la reine Hortense en furent écrasés.

Cependant, quelques années plus tard, Louis-Napoléon se lançait à la conquête de la France et tentait de révolutionner la ville de Strasbourg.

Il était alors aux crochets d'une actrice, Mlle Gordon, qu'il avait connue à Florence.

Ce fut elle qui l'entretint, le nourrit, le coucha, le blanchit, fit les fonds de la tentative avec l'argent de ses amants, *pretium stupri* (le prix de la débauche) et finalement le défendit devant les juges.

Nous allons voir quelle fut la conduite du prince vis-à-vis de sa maîtresse.

III

UN MOT SUR LA REINE HORTENSE ET SUR SA FAMILLE.

SOMMAIRE : *Telle mère, telle fille. — Joséphine et Barras. — Les amours de Napoléon Ier et de la reine Hortense. — Curieux extraits des mémoires du roi de Hollande accusant sa femme. — Un jugement du tribunal de la Seine. — L'aveu de la reine. — Le témoignage de Mme de Rémusat. — Les femmes d'honneur de Joséphine. — Comment celle-ci payait ses fournisseurs. — Quelle famille! Quelle famille !...*

Avant de raconter la suite des amours de Napoléon III, je désire en finir avec les attaques dont je suis l'objet de la part des bonapartistes qui m'accusent d'avoir calomnié la reine Hortense.

Je pourrais m'en tenir à la citation que j'ai donnée du passage significatif et virulent tiré d'une lettre du roi Louis de Hollande au pape.

Certes, rien de plus net, de plus formel, de plus terrible n'a été écrit contre une femme, contre une mère, par son mari.

Le Saint-Siège a rendu cette lettre publique.

Cela devrait suffire, et bien imprudents sont ceux qui tentent de réhabiliter la reine Hortense.

Mais puisque j'y suis provoqué, je veux une bonne fois étaler devant le public, le linge sale de toute cette famille.

Les bonapartistes essayeront ensuite de le laver ; mais il est couvert de telles taches que toute l'eau de la Seine, en lessive, ne suffirait pas à le blanchir.

Telle mère, tel fils!

Telle fille, telle mère!

Joséphine fut une courtisane.

Hortense fut une Messaline.

Ce n'est pas moi qui le dit.

Mme de Rémusat, la plus modérée des femmes qui ont écrit ce qu'elles ont vu, donne des renseignements trop clairs à ce sujet.

Joséphine!

La bonne Joséphine!

Celle que le bon peuple français chérissait et dont il honorait encore la mémoire sous Napoléon III, Joséphine que l'on reprochait à l'empereur d'avoir répudiée, Joséphine qui eût sa statue non loin de l'Arc-de-Triomphe! était avant, pendant et après son mariage une... femme de mœurs légères.

Avant!

Elle fut ostensiblement au sçu et vu de tout Paris, la maîtresse de Barras, alors tout puissant, chef du Directoire, disposant des faveurs.

Napoléon-Bonaparte, alors officier d'artillerie, sans avenir et sans pain (lui-même a peint sa détresse), se fit donner le commandment d'une armée par Barras à la condition d'épouser Joséphine dont le célèbre directeur avait assez.

Il faut lire les mémoires du temps et aussi les commentaires qu'en font aujourd'hui les écrivains réactionnaires, eux-mêmes, pour apprécier l'immoralité d'un marché aussi scandaleux.

Ce qu'il y a de plus caractéristique, c'est que Joséphine était vieille; elle avait derrière elle une longue carrière de galanterie.

De plus, femme du général de Beauharnais, elle avait vécu avec lui dans la mésintelligence.

Beauharnais, un héros, un cœur vaillant et chevaleresque, n'avait pu s'entendre avec cette créole coquette, frivole et lascive; ils s'en était séparé et il était mort sur l'échafaud méprisant sa femme.

C'est alors que Joséphine, après avoir été la maîtresse de plusieurs autres, était devenue celle de Barras.

En épousant cette vieille maîtresse de l'homme qui menait le Directoire, et qui exerçait par conséquent une sorte de dictature, Bonaparte achetait donc, au prix de son honneur, la faveur du maître.

Pour être juste, il faut convenir que le jeune général de vingt-quatre ans, s'éprit de cette coquette sur le retour à laquelle il avait donné son nom.

Il se défiait de sa vertu, l'aimait et en était ridiculement jaloux.

Il l'emmena *presque de force* en Italie pendant sa première campagne.

Elle faillit être massacrée à Gênes lors de l'insurrection de cette ville.

Une autre fois elle manqua être prise non loin de Mantoue.

Rien de curieux à lire comme les lettres de Bonaparte à sa femme écrites à cette époque.

C'est tout simplement le comble du ridicule; il se prosterne, adore, maudit, menace et accuse.

Et toute cette belle flamme est dépensée pour une vieille caillette, rebut de Barras et de Beauharnais, pour une créole malsaine « qui sentait mauvais de la bouche. »

Le mot n'est pas de moi, mais d'une de ses femmes.

Après la campagne d'Italie, Bonaparte partit pour l'Egypte et ne put emmener Joséphine.

Il espérait la faire venir plus tard.

Au pied des Pyramides d'où quarante siècles le contemplaient, il reçut de ses frères et de ses sœurs qui exécraient Joséphine, des lettres où la conduite de la générale était dévoilée.

On lui racontait (et c'était vrai) que si elle avait longtemps refusé de venir le rejoindre à Milan, lors de sa première campagne d'Italie, c'était parce qu'elle voulait mener librement la vie d'autrefois à Paris.

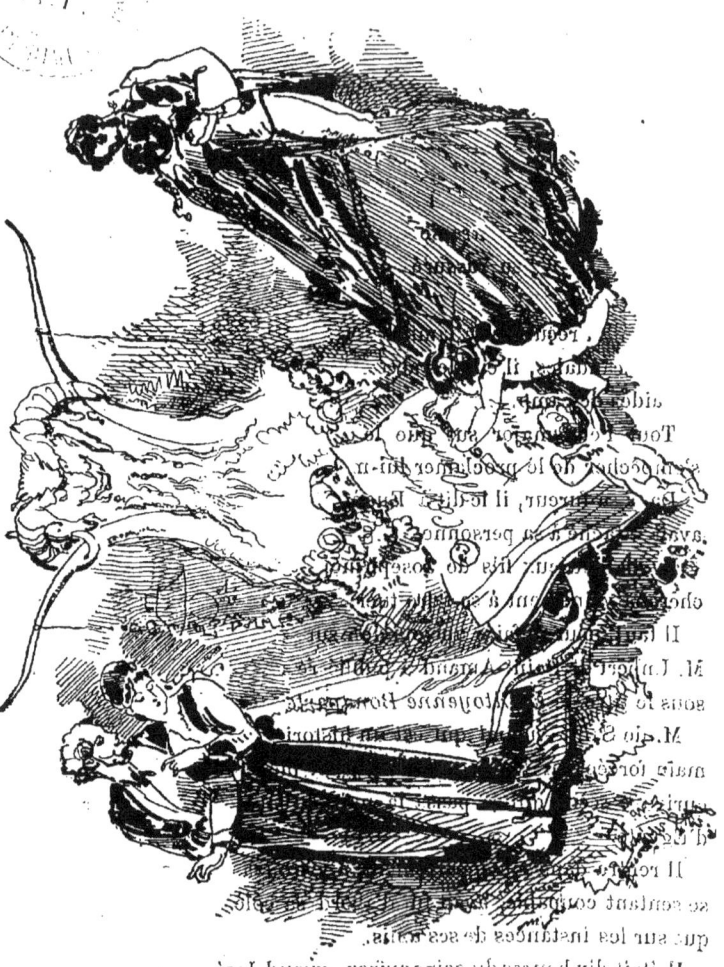

Épouse de Beauharnais, un gentilhomme, un grand seigneur, qu'elle avait cependant trompé, elle était encore moins
disposée à rester fidèle à un général sans-culotte, au talent duquel
elle ne croyait guère.

Ce ne fut qu'après ces foudroyantes victoires de Bonaparte qu'elle cessa de le mépriser, commença à le craindre et se décida à le rejoindre.

*(Correspondance de Napoléon I*er*.)*

Bonaparte **qui savait bien** avoir épousé la femme infidèle de Beauharnais **et la maîtresse** très volage de Barras, s'était embarqué pour l'Egypte peu rassuré sur la conduite qui tiendrait Joséphine.

Quand il reçut de sa famille des lettres grosses de révélations et de scandales, il eut des accès de fureur tels qu'il éclata devant ses aides-de-camp.

Tout l'état-major sut que le général était trompé ; il ne put s'empêcher de le proclamer lui-même.

Dans sa fureur, il le dit à Eugène Beauharnais lui-même, qu'il avait attaché à sa personne.

Le malheureux fils de Joséphine, pris de honte et de dégoût, chercha vainement à se faire tuer.

Il faut, pour se faire une opinion sur Joséphine, lire le livre que M. Imbert de Saint-Amand a publié récemment dans la *Liberté* sous le titre de la *Citoyenne Bonaparte*.

M. de Saint-Amand qui est un historien réactionnaire, a eu la main forcée par les faits, il a été obligé de raconter la curieuse scène qui se passa le jour où Bonaparte revint d'Egypte.

Il rentra dans sa maison et n'y trouva point sa femme, qui se sentant coupable, avait d'abord eu peur, et qui ne revint que sur les instances de ses amis.

Il était dix heures du soir environ, quand Joséphine vint frapper à la porte du général ; celui-ci ne voulut point lui ouvrir.

Elle passa toute la nuit sur le palier au grand scandale de la maison.

(Lire Saint-Amand et tous les mémoires de l'époque.)

Elle pleura des heures et des heures.

Bonaparte ulcéré s'entêtait.

Une amie de Joséphine conseilla à celle-ci de tenir bon.

— Si vous n'êtes pas rentrée dans son lit avant demain, si vous partez, vous ne rentrerez jamais !

On alla chercher les enfants de Joséphine.

Eugène, très aimé du général, Hortense qu'il commençait à trop aimer déjà et qu'il revoyait si belle fille, pleurèrent à côté de leur mère, sur le palier.

Quand Bonaparte ouvrit la porte, au jour, il vit toute cette famille à ses pieds.

Il pardonna.

Il pardonna et il eut bien tort.

Jamais Joséphine ne lui pardonna l'humiliation subie; plus que jamais elle le considéra comme un soldat brutal et parvenu, comme un tyran mal élevé.

En ceci elle n'avait pas tort.

Les mémoires de Mme de Rémusat nous montrent l'empereur sous un aspect des plus défavorables; il avait reçu la plus triste éducation.

Il était grossier, emporté, taquin et de mauvaise foi.

Il prisait et puisait son tabac, non dans une tabatière, mais dans une poche de son gilet doublée de cuir.

On est stupéfait en lisant le règlement écrit de sa main, concernant sa garde-robe.

Il ne voulait changer de chemise que tous les sept jours, le dimanche ; il gardait ses bas de fil sept jours et ses bas de laine un mois. .

On lit et on relit pour s'assurer de la vérité de ces détails.

Mais on comprend ensuite l'exclamation de cette belle actrice du Théâtre-Français qui disait, après avoir couché une nuit aux Tuileries :

— Tout empereur qu'il est, il sent le soldat! Sa chambre empeste une odeur de bivac !

Joséphine qui l'eût toujours en haine, le trahit tant qu'elle pût.

Elle vendit à Fouché, de concert avec Bourrienne, tous les secrets de son mari.

C'est à cela surtout que passaient les fonds secrets de la police.

Ayant toujours des dettes, toujours des besoins d'argent, Joséphine acquittait ses notes en couchant avec ses fournisseurs ; son tailleur put dire sous la Restauration :

— Il n'a pas tenu qu'à moi, de donner un fils à Napoléon.

On savait bien qu'il ne mentait point.

L'un des grands joailliers de Paris a dit de son côté :

— Comme femme, quand l'ai eue, elle ne valait pas deux louis ; mais une impératrice est toujours sans prix.

Vivant très mal ¡avec les sœurs et ¡les frères de Napoléon, elle eut souvent avec eux de violentes querelles, en l'absence du maître ; on se jetait réciproquement à la tête les plus dures vérités ; des oreilles curieuses ont entendu ces propos et des bouches indiscrètes les ont révélés.

L'empereur lassé, répudia enfin Joséphine.

Il avait du reste, justifié les trahisons de sa femme par son sans-gène ; on reste stupéfait de son cynisme ; quand il avait une fantaisie, la nuit, il entrait chez les dames d'honneur de l'impératrice, et se mettait au lit avec l'une d'elles.

Toutes, sans exception, acceptaient la corvée, mais la trouvaient des plus désagréables.

Le plus gros scandale fut celui de ses amours avec Hortense, la fille de Joséphine.

Celle-ci ne protesta jamais.

Stérile, incapable de donner un héritier à l'empereur, l'impératrice ne vit pas sans plaisir, son mari aimer Hortense ; elle craignait le divorce, et cette passion incestueuse était un lien de plus.

Napoléon conçut alors l'étrange projet d'avoir un fils d'Hortense, d'adopter ce fils qui serait de lui, et de lui laisser la couronne impériale.

Mais il fallait un mari à Hortense, un mari aveugle ou complaisant.

C'est alors que Napoléon jeta les yeux sur son frère Louis.

Celui-ci raconta tout au long dans ses mémoires, combien il lui répugnait d'épouser Hortense ; il lutta tant qu'il put contre la toute puissante volonté de l'empereur.

Après une première ouverture de Napoléon au sujet de cette union, Louis parvient à quitter la France, voyage en Prusse et ne rentre qu'avec l'espoir qu'on ne lui parlerait plus d'Hortense.

Tout au contraire Napoléon remet la question sur le tapis.

Louis va trouver l'impératrice-mère, Mme Lætitia, qui obtient que le régiment de Louis soit envoyé en Espagne ; celui-ci représente à son frère qu'il serait déshonoré, si lui, colonel, ne se mettait pas à la tête de ses chasseurs, et il faut bien le laisser partir.

Mais en 1802, il rentre à Paris.

Cette fois, l'influence de Joséphine contrebat celle de Mme Lætitia ; l'empereur veut le mariage et l'ordonne ; Louis, comme il le raconte lui-même, n'a que vingt-deux ans.

Il cède.

Et bientôt il quitte sa femme pour laquelle l'empereur se montre plus empressé que jamais.

Elle a un fils de lui ; Louis endosse cette paternité et l'empereur est parain.

Cet enfant, dans la pensée de l'empereur, **devait un jour lui** succéder.

Il mourut en Hollande emporté par le croup.

Mme de Rémusat explique quels étaient les projets de l'empereur sur ce petit prince de quatre ans et le pourquoi de la tendre affection qu'il lui portait ; mais elle donne une idée de la sécheresse de cœur de Napoléon en racontant qu'il n'eut pas une larme, pas un mot de regret, quand on lui annonça la mort de ce fils adultérin.

Dès le lendemain, il s'enquit d'une princesse à épouser et le divorce avec Joséphine fut résolu dans son esprit.

A défaut de ce bâtard, il voulut un héritier direct et légitime.

De là son mariage avec Marie-Louise.

J'ai raconté ces détails parce qu'ils m'ont paru intéressants et parce que les Mémoires de madame de Rémusat ont fait beaucoup de bruit ; ce qui prouve que la famille Bonaparte était mal connue.

Beaucoup de femmes françaises aimaient Joséphine et la croyaient digne de pitié et d'intérêt.

D'autre part, il y a dix ans, l'air national français était :

Partant pour la Syrie...

Il avait été composé par la reine Hortense et presque personne en France n'avait l'air de trouver déshonorant que l'armée défilât ur cet air ridicule, du reste, dû à l'inspiration d'une courtisane couronnée.

Je passe vite sur ces faits honteux pour nous.

Après la mort du fils de l'Empereur, Hortense eut deux autres enfants.

L'ainé, qui eût du cœur et se fit tuer à Forli, en 1831, pendant que son cadet fuyait lâchement sans combattre, comme je l'ai raconté, l'ainé fut reconnu par le roi de Hollande comme *pouvant être son fils.*

Il le réclama en 1815 devant les tribunaux français, à sa mère qui le lui refusait ; il obtint gain de cause.

Mais quant à l'autre, Louis-Napoléon, il le désavoua toujours.

Du reste, il dit tristement dans ses *Mémoires* :

« Du 4 janvier 1802 jusqu'en 1807, où ils se virent pour la dernière fois, la reine eut trois fils et cependant les époux n'étaient point restés quatre mois en relations. »

Triste confidence d'un mari trompé.

Voici, d'autre part, un aveu de la reine Hortense tiré de son testament :

Elle demande pardon à son mari et dit :

« ... qu'il sache que mon plus **grand regret a été de** ne pouvoir le rendre heureux. »

Ainsi, pas de doutes.

La reine mourante s'accuse elle-même !

Lors donc que les bonapartistes disent et écrivent que je calomnie les Bonaparte, ils menn.

L'histoire en main, leurs aveux sous les yeux, je maintiens que Napoléon III était un bâtard adultérin, qu'Hortense et Joséphine étaient deux courtisanes et Napoléon Ier un débauché cynique.

Ce qui justifie si bien le mot de Boudoin de Poitiers, comte de Flandres :

Quelle famille !

Quelle famille !

Le malheur est que pendant vingt ans d'empire et sept ans de réaction après la Commune, ou n'a pu écrire ces vérités-là !

Aujourd'hui la presse est un peu plus libre et l'on peut parler. Il suffit d'avoir le courage de supporter les injures des bonapartistes.

Mais c'est si peu de chose que ce parti. Très occupé à se dévouer entre eux, c'est à peine s'ils ont un coup de dent sérieux à donner à leurs adversaires. Pour moi, je m'en soucie peu.

BIBLIOTHÈQUE NATIONALE R.F. IMPRIMÉS

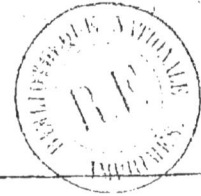

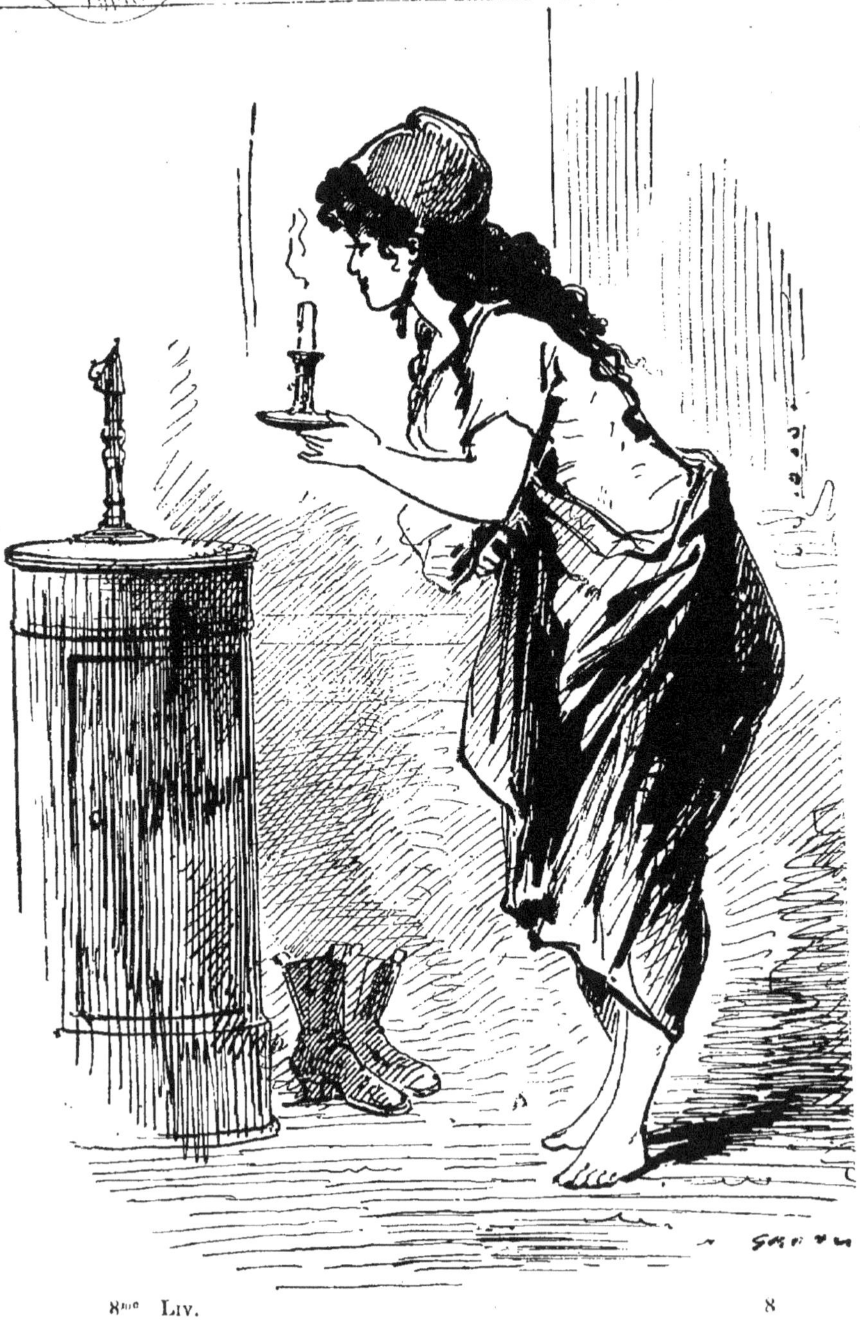

CHAPITRE IV.

LE COUP DE POIGNARD.

SOMMAIRE. — *Un peu de politique. — Le prince en Angleterre.— Il retrouve la cantatrice et le perroquet. — L'aigle protecteur des amours. — Strasbourg et Boulogne. — Le coup de poignard reçu par miss Gordon. — La mort d'une courtisane.*

Après la fuite des deux princes, la reine Hortense envoya en Angleterre son fils Louis, le seul survivant, en tant que reconnu forcément par le roi de Hollande.

Car elle avait eu d'autres bâtards adultérins, notamment de Morny avec le comte de Flahaut.

En Angleterre, Louis-Napoléon retrouva cette cantatrice célèbre de Paris qui était venue à Florence jouer le rôle de la *Femme au Perroquet.*

Disons **tout** d'abord au lecteur qu'elle devait s'appeler plus tard Mme Gordon, ce qui fera tout de suite comprendre pourquoi nous engageons ceux qui nous suivent dans ce récit à l'article Gordon (cantatrice) l'excellent dictionnaire Larousse, édition de 1873 et aussi le livre.

On y trouve la confirmation succincte de **tout** ce que nous allons conter en détail.

Le prince fut bien reçu en Angleterre.

Les Anglais avaient assassiné lentement à Saint-Hélène Napoléon Ier, l'oncle (prétendu) du prince ; ils jugeaient qu'il était de bonne politique d'accueillir et d'enguirlander le neveu de l'empereur qui pouvait un jour remonter sur le trône.

De la sorte, ils n'auraient pas à craindre son hostilité.

On se souvient qu'en ce temps-là, les Français professaient une haine ardente pour les Anglais ; le premier ministre de la reine, lord Palmerston, l'homme important du gouvernement britannique, protégea le prince, lui vint en aide et lui facilita les expéditions de Boulogne et de Strasbourg.

Si ces conspirations avaient réussi, c'était un ami de l'Angleterre qui devenait empereur des Français ; le tour eut été joué.

Il ne réussit toutefois qu'en 1852.

Ce qu'il y a d'amusant, si l'imbécilité de sept millions d'hommes, mes compatriotes, peut amuser, ce qui ferait bien rire, si l'on était étranger, c'est qu'en votant pour Louis-Napoléon, les paysans et les chauvins de France s'imaginaient voter pour un neveu qui vengerait sur les Anglais la mort de son oncle, le martyr de Sainte-Hélène.

Et voilà qu'au lendemain du couronnement, le nouvel empereur s'allie aux Anglais pour aller engloutir devant Sébastopol deux milliards et y ensevelir cent mille Français, pour y défendre les intérêts anglais dans une question où nous n'avions rien à gagner.

Décidément, en ce temps là, les Français n'étaient point le peuple le plus spirituel de la terre.

Ce petit aperçu historique était nécessaire, car il me permet d'expliquer comment Louis-Napoléon, jeune homme aussi ridicule que peu honorable, vit s'ouvrir devant lui les salons aristocratique de l'Angleterre.

Cette noblesse anglaise, la plus bégueule du monde, n'a jamais crainte de s'encanailler, quand cela sert les intérêts de la nation.

On savait parfaitement à Londres que le prince vivait d'expédients, qu'il empruntait aux femmes, que miss Howard, une catin, devenue comtesse de Beauregard, entretenait Louis-Napoléon son amant.

On savait cela et beaucoup d'autre chose ; ce qui n'empêchait pas que le prince ne fût le bienvenu chez lord Palmerston et chez M. Disraëli, aujourd'hui lord Beaconsfield.

Si c'est moral, je consens à reconnaitre que les jésuites sont des honnêtes gens.

Donc le prince se trouvait à Londres et il y retrouvait en pleine vogue cette chanteuse qui l'avait berné à Florence.

Entre Mazzini et elle, il y avait des liens mystérieux dont jamais la nature ne fut bien élucidée.

Toujours est-il qu'elle jouait en France un rôle assez singulier.

Affiliée aux charbonniers français, comme aux carbonari italiens, elle faisait une propagande très active contre le gouvernement français ; ce qui la compromit.

Elle dut fuir et passer le détroit, menacée d'être englobée dans une accusation de complot ; c'est pourquoi le prince la retrouvait en Angleterre.

On sait quelle immense influence Mazzini avait su acquérir à Londres.

Il avait pour lui son génie, les dévoûments les plus chaleureux et les plus puissants, de plus un levier redoutable, l'argent de toutes les Ventes qui affluait dans sa caissse et dont il usait à son gré.

Il n'avait donc pas eu de peine à faire obtenir un engagement à sa protégée, à la faire prôner par toute la presse anglaise, à lui obtenir un succès immense, justifié du reste par une grande beauté et un vrai talent.

J'ai dit quel homme singulier Louis-Napoléon était en amour.

Il avait, je le répète, la tenacité lente de la limace qui remonte toujours au mur.

Il revit la signora (à laquelle nous conservons le nom de guerre qu'elle avait pris à Florence), il l'entendit et l'aima plus que jamais.

En vain avait-il été bafoué.

En vain un faux mari, inventé pour le faire battre, lui avait-il administré une mémorable râclée, aidé par plusieurs laquais.

En vain un perroquet grincheux lui avait-il déchiqueté le visage et laissé au menton une marque d'antipathie, dont il cachait la cicatrice par sa longue barbiche.

Il redevint amoureux fou.

Mazzini le sut.

Les projets de lord Palmerston sur le prince n'avaient point échappé à la perspicacité du célèbre agitateur italien qui pensa, lui aussi, que la France, éprise des souvenirs du premier empire, serait peut-être assez sotte un jour pour accepter un maître imbécile.

Avec Louis-Philippe, la Révolution n'avait rien à espérer en Italie.

Avec Louis-Napoléon, carbonari affilié, tenu par un serment, forcé d'obéir, avec un *frère* que l'on pouvait menacer du poignard et qu'Orsini faillit tuer plus tard, on avait à espérer la délivrance de l'Italie.

Et le calcul était juste.

Si Palmerston faisait battre la France au profit de l'Angleterre en 1854, Mazzini, par différents attentats, affolait Napoléon III et le forçait à la guerre d'Italie en 1859.

Ce fut pourtant une femme, une chanteuse, qui tint tous les fils des conspirations et des machinations qui eurent pour but le triomphe de la cause bonapartiste en France.

Par ordre de Mazzini, la jeune cantatrice se laissa faire la cour, elle se laissa aimer, et elle devint la maîtresse du prince, qu'elle méprisait.

Mais ces sortes de femmes, vivant du prix qu'elles mettent à leurs faveurs, sont habituées à surmonter leurs répugnances morales et physiques.

Il advint cependant que la cantatrice trouva une occasion de mariage.

Un anglais, sir Gordon, se présente comme mari sérieux et l'on sait que les actrices ont la rage du mariage ; cela les pose dans le monde.

Sir Gordon fût agréé.

Le prince exaspéré éclata en menaces, en reproches et mena un train d'enfer.

— Epousez-moi alors ! lui demanda sa maitresse. Tout au moins entretenez-moi.

Il donnait... rien.

Il recevait... tout.

C'était un Alphonse prince, et le prince des Alphonse (le mot n'était pas encore inventé, mais je l'applique tout de même).

Sir Gordon, était-il un mari sérieux ?

J'en doute.

Ce que je sais, c'est qu'il fût commissaire des guerres, c'est qu'il gagna beaucoup d'argent, c'est que les anciens amis de sa femme lui servirent et le poussèrent, c'est qu'enfin il n'eût pas à se plaindre au point de vue du confortable que tout bon Anglais prise au-dessus de tout.

Mais il arriva une chose bizarre.

Un soir, que sir Gordon se promenait ayant sa femme au bras il fût bousculé par un individu qui faillit le renverser et prit la fuite.

Madame Gordon avait senti un froid à son visage, sans se rendre compte de ce qui pouvait lui être arrivé ; mais bientôt elle s'aperçut qu'elle avait reçu un coup de poignard à la joue et que la blessure saignait abondamment.

L'assassin avait disparu.

Je dis l'assassin ; mais rien ne prouve que celui qui avait frappé, voulait tuer ou blesser gravement madame Gordon; il lui avait tout simplement transpercé la joue d'un léger coup de stylet.

La jeune femme accusa le prince.

Elle prétendait que, jaloux de sir Gordon, il avait voulu se venger d'un mariage à la suite duquel madame Gordon avait rompu avec tous ses amants; elle voulait vivre en honnête femme.

C'est un rêve que font beaucoup d'actrices dans les commencements de leur mariage.

Rêve bien vite évanoui.

Un mari, toujours le même, cela devient fastidieux pour une

femme habituée à changer d'amants comme de chemises et satisfaire tous ses caprices.

Le prince ne voyant donc plus madame Gordon depuis son
mariage ; toujours limace, il avait continué à vouloir reconquérir
ce cœur et la bourse de son ancienne maitresse.

Celle-ci n'avait donc pu supposer que c'était Louis-Napoléon
qui l'avait frappée.

Il n'en était rien.

Le prince prouva un alibi.

Il était ce soir là, chez lord Palmerston, au moment même où
la jeune femme était blessée, donc il était innocent.

Cependant miss Gordon ne voulait pas admettre que le prince
ne fût pour rien dans cette affaire car elle reçut une lettre ainsi
conçue :

« Cette fois vous en êtes quitte pour une érafflure au visage.

« Si vous continuez à désespérer par vos rigueurs l'homme du
destin, attendez-vous à perdre votre beauté et même la vue. »

« On vous défigurera facilement.

« Alors vous deviendrez un objet d'horreur pour votre mari lui-
même !

Cette lettre était signée

« VITRIOL!... »

Miss Gordon continua donc à accuser le prince, l'homme du destin, comme il s'appelait déjà ; mais bientôt elle reçut un second
avis dans un bouquet.

Cette fois il n'y avait plus à se tromper sur la source d'où il venait ; il portait le signe des carbonari ; deux poignards en croix et
une tête de mort.

Pas de signature !

« Se conformer aux ordres ».

C'était donc Mazzini qui favorisait les amours de Napoléon III.

Et, pour les rendre faciles, le mari de miss Gordon fut investi
d'un emploi de commissaire aux armées, de telle façon qu'il fût

envoyé tantôt à Malte, tantôt à Gibraltar, et même encore plus loin.

Ce fut une espèce de juif errant conjugal qui ne resta jamais chez lui.

Le prince redevint l'amant en titre de la femme et reprit ses anciennes habitudes.

Mazzini n'avait pas défendu les consolations à miss Gordon.

Ce qu'elle s'en offrit...

Le mari mourut en Biscaye un jour que, devenu gênant, il menaçait sa femme d'un scandaleux procès et d'un divorce à son profit.

Miss Gordon dès lors fut libre.

C'est à cette époque que commence son rôle politique de propagande.

Ici nous nous appuyons sur les pièces authentiques d'un procès célèbre.

Louis-Napoléon avait quitté l'Angleterre, pour venir, à portée de Strasbourg, organiser sa fameuse tentative de restauration impériale.

Cette idée lui avait était soufflée par miss Gordon qui avait reçu ordre de Mazzini de faire germer la pensée de cette inspiration militaire dans le cerveau du prince.

Déjà Fialin, devenu plus tard duc de Persigny, avait apporté à Louis-Napoléon le concours de son activité et de son habileté.

C'était un ex-sous-officier, mauvais militaire, mais vicieux, intrigant, adroit, roué.

Il fut prouvé plus tard que la première chose qu'il fit fût de coucher avec la maitresse de son prince; elle le trouvait à son goût.

Il était en ce temps assez joli garçon et assez « roublard » pour plaire à une catin de cette espèce.

J'emploie le mot roublard parce qu'il était cher aux bonapartistes qui l'employaient souvent et qui l'ont inventé pour se peindre.

Persigny adopta l'idée d'un pronunciamiento militaire à Strasbourg avec enthousiasme, et, avec miss Gordon, ils se mirent à courir les provinces de l'Est pour s'y préparer des adhérents et des complices..

Leur procédé était bien simple.

Il s'agissait de gagner des colonels et des généraux; miss Gordon paraissait, se laissait séduire, séduisait à son tour, et finissait par gagner son homme à la cause.

C'est ainsi que le colonel Vaudrey, des pontonniers, se perdit d'honneur.

Il fut l'amant de miss Gordon.

On le prouva au procès.

Le prince ne parut point s'en effaroucher, ni en être jaloux.

Après miss Gordon, Persigny paraissait, manœuvrait son bonhomme, le compromettait, et le forçait ensuite à marcher et à agir, le moment venu; ce qu'il y eut d'officiers supérieurs et de généraux gagnés de cette façon est inimaginable; quand Louis-Philippe sut la vérité, il fut épouvanté.

Il n'osa donner aucune suite au procès.

Le prince fut embarqué sur une frégate et conduit en Amérique où on le débarqua en lui donnant 16,000 francs.

Louis-Philippe était bien bon pour ne pas dire bien sot.

S'il avait fait fusiller ce prétendu neveu de l'empereur, nous n'aurions pas eu vingt années de second Empire.

Le prince, une fois libre, revint en Angleterre où il recommença à comploter.

Ses auxiliaires furent, comme à Strasbourg, miss Gordon et Persigny.

Des témoignages irrécusables avaient établi, lors du procès, que la Gordon couchait avec Persigny et beaucoup d'autres.

Le prince n'en fût pas froissé; c'était pour la cause !

Mais la Gordon qui avait mesuré mieux que jamais, à Strasbourg combien ce Napoléon était petit comparé au grand, la Gordon qui s'était écrié :

Dans cette affaire, l'homme c'est moi !

La Gordon qui méprisait le prince comme amant, comme conspirateur et comme prince, la Gordon eut toutes les peines du monde à surmonter son mépris pour lui.

Elle avait conquis le droit de se montrer revêche par sa mâlesse à Strasbourg et par sa popularité dans le parti bonapartiste.

Le prince était forcé de la ménager.

Elle voulait bien continuer à courir les chemins en France sous des déguisements pour préparer une nouvelle expédition.

Elle consentait à se dévouer à la cause ; mais elle ne voulait plus se livrer, comme elle disait, *au colimaçon.*

A Persigny lui-même, qui l'engageait à plus de condescendance, elle répondit :

— J'en ai assez du prince des escargots !

Le mot fit fortune à Londres.

Dans ses séjours en Angleterre, elle avait repris l'habitude de se faire protéger par son perroquet, qui avait été retrouvé après la fuite du prince à Florence.

Le papegeai était plus gros, plus fort, plus méchant et plus jaloux que jamais ; de plus, il nourrissait une forte rancune contre le prince.

Quand il le voyait entrer, il s'agitait avec fureur dans sa cage.

La Gordon, quand le prince devenait entreprenant, menaçait d'ouvrir la porte de cette cage et Louis se tenait tranquille.

Mais il avait eu un jour une idée assez étonnante pour un pareil cerveau.

Tourmenté par son idée fixe d'arriver au trône, il avait plusieurs monomanies qui se rattachaient à celle-là :

Ainsi, comme d'autres ont des chiens, il avait des aigles.

Il les élevait lui-même et les apprivoisait d'autant plus facilement qu'il leur donnait la becquée de l'éclosion.

C'était une joie pour lui d'entrer dans la volière de ses aigles, de les caresser, de les poser sur ses épaules, sur sa tête et de se montrer ainsi à ses fidèles.

Ennuyé par le perroquet, il emporta un jour, dans la voiture qui le conduisait chez miss Gordon, celui de ses aigles qui était le plus docile et il se présenta devant la jeune femme avec sa bête sur son poing !

— Maintenant, dit-il, vous lâcherez votre perroquet si vous voulez. Mon aigle le tuera d'un coup de bec.

Miss Gordon rit de si bon cœur, qu'elle fût bonne fille pour cette fois.

Tout était prêt cependant pour l'échauffourée de Boulogne.

Le prince, on le sait, débarqua sur la plage avec un aigle.

C'était celui qui avait protégé ses amours contre le perroquet de miss Gordon.

Dans cette affaire de Boulogne, le prince commit un assassinat.

Il tira sur un malheureux soldat.

Pris, il fut tout simplement emprisonné au fort de Ham.

Louis-Philippe perdit encore cette magnifique occasion de débarrasser la France d'un prétendant imbécile.

On sait comment le prince s'évada.

On sait aussi comment il s'empara du pouvoir le 2 décembre.

Maître de la France, il récompensa les services passés.

On s'attendait à ce que miss Gordon fut impérialement payée de son audace et de son activité ; tout au contraire, elle fut abanbonnée, délaissée et elle mourut dans la misère.

(Dictionnaire Larousse, art. Gordon.)

Pourquoi cette ingratitude ?

Parce que le prince ne pouvait pardonner l'histoire du perroquet.

Tant qu'il avait été amoureux, il avait oublié tout, fermé les yeux sur tout.

Empereur, il se rappela sa fuite de Florence, les dédains de miss Gordon, et il ne voulut point se souvenir du dévoûment qu'elle avait montré pour la cause.

Elle était devenue laide et vieille.

On demanda à l'empereur, qu'elle assaillait de demandes de secours, ce qu'il fallait faire ; il dit d'un ton distrait :

— Qu'on s'adresse à Persigny.

Persigny consulté répondit :

— Qu'on la laisse crever.

Et elle creva...

CHAPITRE V

LA BELLE IRLANDAISE.

Sommaire. — *Le roi Louis de Hollande refuse en mourant de voir son prétendu fils.* — *Louis-Napoléon et les bouges de Londres.* — *Miss Howarth à la taverne.* — *Linton, l'agent secret anglais.* — *Les prétentions de miss Howarth au trône.* — *Scène de Saint-Cloud.* — *Exil de miss Howarth.* — *Ses menaces.* — *Elle meurt assassinée.*

La reine Hortense était morte demandant pardon à son mari de lui avoir donné des fils qui n'étaient point de lui.

Elle avait laissé sa fortune à Louis-Napoléon.

L'ex-roi de Hollande tomba malade.

Louis-Napoléon demanda au gouvernement français de venir fermer les yeux de son père; mais le gouvernement répondit que le mourant, consulté, avait refusé de recevoir ce bâtard adultérin.

Rien n'égalait le mépris et la haine de l'ex-roi pour ce prétendant qui portait son nom et qui était né de l'amiral Verhuel.

Le vieux roi mort, le prince voulut faire grand tapage du refus de lui accorder un sauf-conduit pour venir au chevet de son père.

On le calma facilement en le menaçant de faire insérer au *Moniteur* la réponse du roi qui ne voulait point voir « le fils de Messaline ».

Le prince se tut.

Il dévora rapidement l'héritage de sa mère et se retrouva bientôt obligé de recourir aux expédients; nous avons vu que miss Gordon fut un de ces expédients-là.

Mais déjà, lors de l'affaire de Boulogne, il avait une autre bailleuse de fonds ; je veux parler de miss Howarth.

Il avait trouvé dans une fille perdue de Londres, un bailleur de fonds.

Voici comment les choses s'étaient passées.

. Le prince, je l'ai dit, bien accueilli par la noblesse d'Angleterre, au mieux avec les classes dirigeantes, dans des termes excellents avec les deux partis qui, tour à tour, s'emparaient de la direction des affaires, le prince obtenait tout ce qu'il voulait de la police.

Si je ne craignais pas de salir le mot original je dirais qu'il l'était.

Toutes les idées cocasses qui peuvent hanter le cérveau d'un rêveur prétentieux, il les avait et tâchait de les réaliser.

Il avait lu, dans les *Mille et Une Nuits* qu'un certain sultan, pour connaître les besoins de ses sujets, parcourait seul, la nuit, sa capitale, visitant les rues, les bazars et les cafés.

Il voulut imiter ce sultan.

Mais n'ayant point de sujets, il se contenta de ceux de la reine Victoria.

Etant poltron, il voulut se faire accompagner.

Par qui ?

Par la police.

Les Anglais n'ayant rien à lui refuser, on lui donna un agent secret, Linton, un colosse, capable d'assommer un bœuf d'un coup de poing, si capable, du reste, qu'il le fit gagner ainsi un pari de cent livres.

Ce Linton avait ordre de suivre le prince partout où il lui plairait d'aller ; il devait le piloter, le protéger et lui aider en toutes circonstances.

Ce fut Linton qui donna à Eugène Sue l'idée de son sir Ralph, protecteur du prince Rodolphe dans les *Mystères de Paris* d'Eugène Sue.

L'agent anglais, par ses fonctions, était mêlé au monde le plus sale et le plus déguenillé de Londres, monde de voleurs et de filles perdues.

Il s'établit entre Linton et le prince une amitié basée sur les défauts réciproques et qui fut très durable, puisque Napoléon empereur, fit Linton commandeur de la Légion d'honneur, etc., après lui avoir donné vingt mille francs d'appointements, pour la surveillance des réfugiés français à Londres.

Linton était un Anglais.

Donc un ivrogne.

Ce que je dis peut sembler absurde à un Français qui ne connaît à fond ni les Anglais ni l'Angleterre.

Mais ceux qui ont habité la Grande-Bretagne savent que hommes et femmes, à de bien rares exceptions, tout le monde s'y enivre.

Linton était un colosse auquel trente verres de gin et une soixantaine de *glaces* de bière ne faisaient certainement point peur.

Le prince, quoiqu'il ne fût point de ce calibre, ne reculait point devant une bouteille de champagne ; je lui ai vu boire, moi, abbé C***, à Vichy, dans un bal, vingt-trois coupes de Montebello.

J'étais en habit civil et je contemplais assez tristement les frou-frous et les cotillonneurs, me demandant combien de temps durerait encore la Grande Orgie.

D'autre part, le prince aimait fort à jouer le rôle de l'amant mystérieux.

On sait de quoi il est mort.

Les maladies vénériennes l'avaient frappé dès sa jeunesse.

Quand un homme a reçu un coup de pied de Vénus et qu'il s'est saturé le corps de mercure, pour se guérir, il est en quelque sorte vacciné pour un temps contre les atteintes de la grande sœur de la petite vérole.

Le prince ne se gênait donc en aucune façon, et quand il trouvait une femme à son goût dans les bouges de Londres, il lui faisait la cour.

Il se gardait bien de dire qui il était et se donnait comme un jeune homme ci-devant riche, pour le moment ruiné et réduit à s'amuser dans les bas-lieux, jusqu'au jour où un riche héritage le remettrait à flot.

AUX BOUFFES

Linton faisait de son côté des fausses confidences qui mettait en travail l'imagination des filles et ils avaient tous deux l'amour au rabais.

Plus tard, quand la maîtresse d'occasion apprenait la vérité, elle en devenait folle d'orgueil et rien n'était amusant, vers 1856, comme de rencontrer à Londres, dans les tavernes, des femmes s'intitulant :

Maîtresse de l'empereur !

Pour quelques-unes c'était vrai.

Pour beaucoup c'était faux.

La plupart, devenues laides, étaient très drôles en racontant leurs aventures; mensonge ou vérité, c'était toujours très cocasse.

Il y avait aussi, parmi ces femmes, celles qui se disaient sœurs, cousines ou amies de miss Howarth, laquelle avait été bien authentiquement maîtresse du nouvel empereur.

Cette histoire de miss Howarth est réellement très intéressante.

Dans les tavernes, ou plutôt dans certaines tavernes, à Londres, comme dans certaines brasseries à Paris, on aime à placer au comptoir, pour recevoir la monnaie et pour verser, des filles accortes et jolies qui achalandent la maison.

Généralement ce sont des Irlandaises.

Miss Howarth et une de ses sœurs étaient demoiselles de service dans un établissement.

Fort belles toutes deux, elles tiraient l'œil au passant qui entrait volontiers boire un verre de gin présenté par de si jolies filles.

Miss Howarth étaient très catin.

Quant à sa sœur, je n'en dirai pas autant pour deux motifs.

Le premier c'est que beaucoup de gens qui l'ont connue en Angleterre, prétendent qu'elle passait pour sage ; le second, c'est que, mariée en France, elle ne passa point pour tromper son mari ; je fais donc toute réserve à son sujet et je ne la compare point avec sa sœur.

Celle-ci fut remarquée par le prince qui en devint très amoureux.

Il n'eut pas de peine à devenir son amant.

Cela dura ce que durent ces sortes de passions, si facilement satisfaites.

Il advint que miss Howarth fut un jour enlevée à sa taverne par un riche gentleman qui l'entretint fastueusement ; de sauts en sauts, elle finit par devenir comtesse de Beauregard et millionnaire.

Un beau jour elle se rencontra quelque part avec le prince.

Explications le lendemain dans le boudoir de la comtesse.

— Comment, c'est vous ?

— Et vous êtes comtesse.

— Et vous prince...

Ils renouèrent leurs relations.

Le prince à ce moment était sur le sable, ce qui, pour tout poisson, est une position absolument désagréable ; la comtesse le remit à flot.

Et c'est ainsi qu'il trouva les fonds suffisants pour l'expédition de Boulogne, puis pour vivre après sa fuite de Ham, puis enfin pour soutenir sa candidature en France et payer les gredins qui aidèrent son coup d'État.

La part d'Espinasse, le colonel qui gardait la Chambre des représentants, fut notamment payée pas miss Howarth, qui se fut trouvée sans un sou si le coup avait été manqué.

Il réussit.

Le futur empereur avait promis à miss Howarth de l'épouser ; cette brillante perspective explique comment la belle Irlandaise risqua son dernier penny.

Impératrice !

Quel rêve pour une ancienne fille de taverne !

Et depuis qu'elle était devenue comtesse de Beauregard, elle ne doutait de rien.

Après tout, avait-elle si tort ?

Napoléon III ne lâcha mis Howarth que pour épouser Eugénie de Montijo.

Chacun a ses préférences.

Des couleurs et des goûts, il est difficile de discuter.

Mais, pour mon compte, je n'aurais pas donné un sou de plus de l'une ou de l'autre.

La comtesse de Beauregard apprit le mariage prochain de l'Empereur par la voix publique ; elle accourut à Saint-Cloud et fit une scène effroyable.

L'Empereur se promenait dans le parc.

La comtesse redevenue une gueuse des rues de Londres, l'aborda furieuse et l'accabla d'invectives ; on l'entendit hurler ses injures en anglais.

Elle traita Sa Majesté de maquereau, lui reprocha tout ce qu'elle avait fait pour lui et le somma de la payer, le menaçant de remplir les journaux anglais de ses réclamations.

— Va, lui dit-elle, tu n'es qu'un escroc !

Et elle lui raconta tout ce qu'il avait fait de vile et de sale en sa vie.

Lui, impassible, ne disait rien et continuait à se promener.

Elle le suivait, le menaçant du poing.

Enfin elle lui dit :

— Je te pardonnerais si tu épousais une princesse ; mais tu te maries à une fille qui a eu cent amants et que je vaux bien.

Elle se mit à nommer tous ceux que la chronique galante citait comme les heureux galants dont Mlle de Montijo avait accepté les soins.

L'Empereur était à bout.

Il tira froidement un révolver de sa poche et dit en l'armant et en visant :

— Un mot de plus ! Et je vous brûle la cervelle.

La comtesse sentit le froid du fer sur son front ; elle le savait capable de tuer une femme ; elle eut peur et elle s'enfuit épouvantée.

Le lendemain, elle recevait la visite d'un familier du palais, qui lui apportait deux millions et lui en promettait d'autres, l'engageant à se taire.

Elle prit les valeurs, les fit escompter et les plaça en lieu sûr, à l'étranger.

Mais son incartade avait fait du bruit ; on en parlait dans l'entourage.

A cette époque, comme toujours après les coups d'Etat, il y avait des mécontents dans le parti victorieux ; c'étaient ceux qui ne se croyaient pas assez récompensés.

Ils clabaudaient.

Trouvant chez miss Howarth un salon hospitalier, ils s'y assemblèrent, y tinrent des conciliabules et y clabaudèrent contre le nouveau gouvernement.

L'Empereur s'en inquiéta.

Il fit savoir à miss Howarth que si, dans quarante-huit heures, elle ne filait pas à l'étranger, il lui arriverait certainement le malheur d'être assassinée par quelqu'un sur lequel la police ne parviendrait jamais à mettre la main.

Elle s'enfuit.

Mais une fois hors de la frontière, elle fit écrire un petit pamphlet, gros de révélations et l'envoya à l'Empereur en lui réclamant encore des millions, s'il voulait qu'elle renonçât à cette publication.

Napoléon s'exécuta.

On a trouvé, dans les papiers des Tuileries, tous les reçus de miss Howarth.

C'est effrayant ce que cette femme a coûté à la France.

Rien qu'en quatre ans sept millions...

Cette Irlandaise, entre autres défauts, adorait le wisky, le gin et le cognac.

Elle s'était toujours grisée.

Mais avec l'âge et le chagrin de n'être pas impératrice, son penchant à l'ivrognerie se développa et devint tout à fait crapuleux.

Cette femme ne pouvait point se consoler de n'avoir point monté sur le trône de France, ce qui lui eut permis d'appeler la reine Victoria, madame sa sœur, selon le droit que lui en eut donné l'étiquette des cours.

Dans ses orgies, cette folle devenait furieuse et criait les cent mille horreurs contre l'empereur des Français; à ce titre, elle devenait dangereuse.

Puis elle était insatiable.

Un agent secret fut envoyé pour la tuer; il manqua son coup, et cela mit la comtesse en défiance; elle ne se laissa plus approcher que par des Irlandais à elle.

Napoléon III ne savait comment faire pour s'en débarrasser et s'en désolait.

Elle en venait à exiger dix millions d'un coup.

D'autre part, l'impératrice était exaspérée, car miss Howarth faisait publier contre elle des chansons, des pamphlets, des brochures qui paraissaient à Bruxelles, à Berlin, à Vienne, à Rome même où nos officiers de l'armée d'occupation lisaient ces révélations et en parlaient à leur retour en France.

A tout prix il fallait se débarrasser de la comtesse et l'on en trouva le moyen.

Elle avait un parent par alliance en qui elle avait confiance.

On le manda.

Il fut gagné par une grosse somme prise sur la vente des biens de la famille d'Orléans, dont on lui donna, du reste, une forte part.

Cet homme manœuvra fort habilement.

Il écrivit à la comtesse qu'il se chargerait d'appuyer ses réclamations auprès de l'empereur.

Elle accepta avec joie.

Il fit des démarches ostensibles.

La comtesse lui en sut gré.

Il annonça, un beau jour, à sa parente qu'il était déterminé à parler d'un ton très ferme.

Elle l'y encouragea.

Il fit semblant de faire tapage à Saint-Cloud, comme elle avait fait.

On l'emprisonna.

Puis on l'envoya à la frontière entre deux agents, avec une certaine ostentation.

Un journal parla même à mots couverts (par ordre) de cet exil.

La comtesse crut à toute cette comédie, très bien jouée du reste.

Elle accueillit son parent avec joie.

Celui-ci manœuvra si bien qu'il capta la confiance de miss Howarth, il lui inspira la défiance de ses Irlandais et elle fit maison nette.

Le lendemain on la trouvait morte.

Ses papiers compromettants avaient disparu, emportés par son cher parent qui avait filé vers la frontière de France.

Les autorités du pays constatèrent par acte authentique que misss Howarth était morte étranglée étant en état d'ivresse...

Telle fut la triste fin de cette maitresse de Napoléon III, plus malheureuse encore que miss Gordon.

CHAPITRE VI.

L'empereur qui avait éprouvé une folle passion pour Mlle de Montijo, l'aima pendant un certain temps; mais il s'en éloigna bientôt.

L'impératrice avait une maladie d'entrailles fort désagréable qui résultait d'une tentative de suicide par empoisonnement.

Désespoir d'amour.

Au temps où elle était jeune fille, le duc d'Albe, flirtait auprès d'elle et de sa sœur; Mme de Montijo, la mère, une femme de tête, força un soir le duc à se déclarer.

Laquelle des sœurs voulait-il?

Courtisait-il pour le bon motif?

Le duc réfléchit, et demanda quelques jours.

Eugénie beaucoup plus jolie, plus coquette et plus légère que sa sœur, avait reçu, paraît-il, du duc, des confidences beaucoup plus compromettantes.

Celle-ci était plus modeste, plus réservée, plus sage.

Eugénie ne doutait point que ce ne fût elle qui fut aimée.

Mais le duc demanda la main de sa sœur...

Eugénie, par dépit, s'empoisonna.

On la sauva, mais il lui resta une infirmité fâcheuse.

Elle eut toujours depuis ce que les médecins d'autrefois appelaient la colique humide; c'est pour elle que fut inventé le fameux

corset à poches parfumées, qui fit la fortune de celui qui eut cette ingénieuse idée.

L'empereur finit par s'apercevoir de quelque chose, et il éprouva des répugnances d'autant plus vives, que cette première infirmité se compliqua d'une descente de matrice.

L'auteur de l'*Histoire Secrète de Napoléon III*, par un ancien proscrit, un livre des plus curieux et des plus hardis, publié par la même maison que celui-ci (Salmon, 3, rue de Provence, prix 4 francs, envoi *franco*), l'auteur de cette œuvre remarquable, raconte dans les plus grands détails, comment l'impératrice revit le duc d'Albe et la duchesse d'Albe, comment celle-ci fût cause de la fuite de l'impératrice en Écosse; il raconte tous les drames du ménage impérial.

Je ne m'en occuperai donc pas.

Je me contente de signaler le pourquoi de l'indifférence de l'empereur pour sa femme.

Il se mit à courir les femmes de théâtre, et il se paya naturellement les plus jolies actrices de Paris.

Tout le monde connaît et l'officier et le fonctionnaire de sa maison qui lui servaient de courtiers ; comblés de faveurs, couverts de décorations, ils ne se contentaient pas des belles positions où le maître les avait installés et des riches gratifications dont il gratifiait les services malpropres qu'ils lui rendaient.

Ils volaient les femmes auxquelles l'empereur envoyait des cadeaux.

Du reste, s'étonner serait niais !

Mangeur de blanc doit être escroc ; les deux vices font la paire !

Donc Sa Majesté allait au théâtre, lorgnait les actrices, et quand l'une d'elles lui avait plu, il envoyait l'un de ses deux *dos-vert* la complimenter en son nom et lui offrir un bouquet.

Le maquignon d'amour passait le marché et convenait d'un rendez-vous.

L'empereur avait entre Auteuil et Passy, une petite maison, un *buen-retiro*, où il passait ses fantaisies ; c'est là qu'il recevait les dames.

Par malheur pour Sa Majesté, on peut être le chef de quarante millions d'hommes, disposer à peu près en maître d'un budget de deux milliards ; on a beau avoir remporté la victoire, grâce au courage de ses soldats et porter sur sa propre monnaie, le laurier autour de son effigie, tout cela ne saurait empêcher le ridicule d'être le ridicule et les femmes d'en rire.

L'empereur était allé, incognito, dans un petit théâtre pour y entendre une pièce cochonne, comme on fit tant sous son règne.

On cascadait beaucoup en scène et l'on vantait le jeu d'une des actrices.

C'était celle-là que Sa Majesté voulait voir, juger et inviter à la *petite maison*.

Mais l'homme propose et le caprice dispose.

Parmi les simples figurantes, il y en avait une qui avait un tout petit bout de rôle.

Elle chantait un couplet, un seul ; mais elle le disait si bien, elle soulignait avec tant d'esprit les mots à double entente, elle avait des gestes si provoquants et des sourires si mutins, qu'on l'applaudissait fort.

L'empereur, du fond de sa baignoire grillée cria : *bis* ! Le public cria aussi.

Seule, la claque resta muette.

Elle était payée par l'Etoile du théâtre pour ne faire de succès qu'à elle-même.

La petite *Titine* (c'était son nom de cabotine) répéta son couplet, et, encouragée par le succès, elle fut vraiment drôle et fit pâmer de plaisir tous les amateurs de pornographie chantée et rimée qui se trouvaient dans la salle.

On lui fit une ovation.

Mais sa surprise fut grande quand elle vit, de la baignoire grillée, partir un bouquet splendide qui vint tomber à ses pieds.

Elle fut bien plus étonnée encore quand le régisseur lui dit dans la coulisse :

— Il y a quelqu'un qui veut te parler. Ta fortune est faite. C'est l'empereur qui t'envoye ses compliments !

Cette petite avait débuté depuis peu.

Elle était relativement novice.

De la loge de sa mère elle avait sauté un soir sur les planches de ce petit théâtre.

Elle n'y figurait pas depuis plus de trois semaines ; si bien qu'elle avait encore des illusions sur beaucoup de choses.

Dire qu'elle n'avait pas encore laissé entamer son capital (pour parler comme Alexandre Dumas fils), je n'oserais ; les affirmations de ce genre sont imprudentes ; mais je crois qu'elle ne l'avait pas encore gaspillé.

Le maître Jacques de Sa Majesté s'apercevant que la petite était pauvrette, la conduisit le lendemain chez une grande faiseuse avec laquelle il s'entendit pour habiller l'enfant; bien entendu, il avait une grosse remise sur la note gonflée outre mesure.

La petite, se voyant si belle, prit de Napoléon III une idée prodigieuse.

Elle ne supposait pas qu'un empereur fut un homme, elle imaginait un demi-dieu.

— Comme je vais avoir peur ! disait-elle au *factotum* de Sa Majesté.

Sans flatter son maitre, le *factotum* lui raconta la prodigieuse impression qu'il produisait sur cette petite fille.

— Elle tremble à l'idée de vous voir dans l'intimité ; disait-il.

— Eh bien, fit l'empereur, je la rassurerai.

Au fond ce n'était qu'un vieux cassandre.

On prit jour.

Il faut que j'explique qu'il se passait toujours un certain temps, entre le moment où un caprice naissait dans le cerveau de Napoléon et celui où il était en état de le satisfaire ; c'était un homme épuisé, qui avait besoin d'un entrainement spécial.

Il se mettait à un certain régime de stimulants et au besoin il prenait au dernier moment des pilules dont Morny qui en abusait et qui en mourut, lui avait donné le secret.

L'heure du berger sonna.

Pour ne pas effaroucher la petite par trop de Majesté, Napoléon avait dit à son majordome :

— Elle ne sera drôle, que si elle devient familière.

— Votre Majesté a raison.

— Je m'arrangerai pour la mettre à son aise.

Napoléon III n'avait pas habité Paris avant d'être président, puis empereur ; il connaissait peu la ville et les mœurs populaires.

En fait de petites ouvrières, il en était encore à Béranger et à Lisette ; il avait une édition illustrée des œuvres du chansonnier ; il y avait trouvé une vignette où Béranger en robe de chambre tient sa Lisette sur ses genoux.

— Voilà mon affaire ! s'était-il dit.

Il avait endossé une belle robe de chambre à ramage et s'était coiffé d'une calotte de même étoffe avec passementeries et gland pendant

Personne n'osa lui dire combien il était ridicule ainsi affublé.

La petite qui n'avait jamais vu son empereur qu'à cheval, en grand uniforme, passant des revues, ne se le figurait pas autrement que vêtu d'un costume de général.

Pour une fille de concierge, un général a du prestige : un empereur plus encore.

Elle arriva donc toute frémissante d'émotion à la petite maison et en route elle disait au *factotum* qui la conduisait :

— Que vais-je lui dire ?

— Bast ! faisait l'autre. C'est un homme charmant. Vous verrez !

Elle monta les escaliers en frissonnant, traversa les appartements toute palpitante, le chambellan ouvrit une dernière porte, la fit entrer dans une pièce et referma la porte.

La petite resta interdite en face de Napoléon III, drapé dans sa robe de chambre et coiffé de son toquet sous lequel sa longue barbiche produisait le plus étrange effet.

La petite ne reconnut pas du tout son empereur.

Celui-ci lui dit :

— Vous voilà, mon enfant ! C'est bien aimable à vous d'être venue !

La petite, pas intimidée du tout par ce personnage, se laissa prendre la main et reçut quelques compliments sans protester ; mais comme l'homme au toquet voulait aller plus loin, elle se gendarma.

— Pardon ! fit-elle, je ne suis pas venue pour vous, mais pour l'empereur !

— Mais c'est moi, l'empereur ! s'écria Napoléon III.

Titine le regarda, le reconnut, mais elle trouva ce bonhomme en robe de chambre si loin de son idéal d'empereur, elle fut tellement frappée du contraste, qu'une folle envie de rire la saisit.

Elle voulut se retenir.

Impossible.

Elle eut un accès d'hilarité irrésistible.

L'empereur la regardait avec ses yeux bleus ternes, presque

morts; sa figure de mouton avait une expression de dépit stu-
pide; il ne sut que dire en face de ce rire inextinguible.

La petite, qui sentait l'inconvenance qu'elle commettait, ouvrit
la porte et s'enfuit riant, riant, riant toujours.

Le *factotum* voulut en obtenir des explications.

Impossible.

Elle riait tant qu'elle en pleurait.

Elle disparut dans les allées du bois de Boulogne, riant toujours...

Les oiseaux donnaient la réplique à la fanfare joyeuse de ce
rire jeune et sonore...

Elle rentra dans Paris riant toujours et ne put jouer le soir tant
elle avait ri.

Et l'empereur?

L'empereur vexé voulut la revoir.

Ce jour-là, il eut soin d'être en petite tenue de général de division.

CHAPITRE VII.

UNE MAJESTÉ EN AFFRONT

SOMMAIRE. — *Une sémillante actrice.* — *Un huissier naïf.* — *Un parisien sauce tartare.* — *Un hôtel où on loge au mois, à la semaine et à la nuit.* — *Une fantaisie impériale.* — *Un littérateur à mettre sur le gril.* — *Un souper.* — *Sa Majesté dans l'embarras.* — **Les Pilules du Diable.** — *Triste ! triste !*

Tout Paris a connu, applaudi, désiré cette actrice charmante, brune sémillante, d'une plastique admirable, la femme la mieux faite qui fût au théâtre et la plus capable d'exciter la passion.

On la reconnaîtra quand j'aurai dit qu'elle triomphe encore sur la scène, et qu'elle peut s'écrier : Mon talent n'a pas diminué.

Loin de là.

Elle joue toujours, quoiqu'elle ait pris un embonpoint remarquable.

Elle lutte contre sa trop florissante santé, et elle parvient par les douches, le massage et un régime sévère à enrayer l'obésité.

Sous l'empire, elle était au pouvoir d'un grand seigneur russe qui, dit-on, lui donnait des volées de coups de canne.

Lassée de recevoir d'une main tartare ces corrections brutales, elle congédia son boyard et ne voulut plus avoir de maîtres.

Elle passait un bail de trois, six, neuf, à sa volonté.

J'entends parler de mois et non d'années.

Elle était très amusante ; elle s'avisa de donner congé par huissier à un locataire récalcitrant ; ce que je n'ai jamais pu savoir si l'huissier était un farceur ou un naïf.

Mais un huissier naïf à Paris, cela me semble absolument invraisemblable.

Farceur, j'incline à le croire, d'autant plus qu'on prétend que pour le décider à instrumenter, elle lui permit de visiter l'appartement.

Quelques fois elle logeait en garni, à la nuit ou à la semaine.

On cite une de ces nuits qui fut payée cent louis par un ambassadeur qui ne s'arrêta que vingt-quatre heures à Paris.

On cite aussi des nuits qui ne coûtèrent qu'un bouquet à des jolis garçons qu'elle avait distingués.

En somme, c'était, je dis même c'est une bonne, brave, belle encore et excellente fille, un peu folle de son corps, mais spirituelle et généreuse.

L'empereur, sur un trait d'elle qu'on lui raconta, se prit à l'aimer.

Il sut qu'elle avait rendu avec usure, et d'une façon originale, à son boyard, les coups qu'elle en avait reçus.

Quand il l'avait battue, elle lui versait quelques gouttes de laudanum dans son thé, et, pendant la nuit, elle usait ses talons de bottine à lui tanner les côtes.

— Mais, lui disait-on, il ne sentait rien.

— Que si, répondait-elle, le lendemain il était moulu et il croyait avoir été pris de rhumatismes dans le dos. Une fois, il a cru avoir un lombago et il est resté couché quarante-huit heures.

Quand l'empereur apprit de quelle façon cette femme d'esprit se vengeait de son tartare, il devint grand amateur de son talent et de sa personne.

Il lui envoya le moins sot de ses complaisants.

Ce n'était ni un aide-de-camp, ni un chambellan, mais bien un écrivain connu, non dépourvu de style, comptant des succès, mais tout au service des fantaisies de Sa Majesté.

Eh, mon Dieu! je recule toujours devant ce mot de maquereau; tant pis! Surmontant ma répugnance, je l'applique tout vif à cet homme de lettres palmé de l'Académie.

Rien que ça d'honneur!

L'empereur lui avait dit :

— Je vous envoie, vous, parce que cette fille est très drôle et qu'il faut se montrer délicat et point sot avec elle. Vous avez carte blanche. Allez,

L'entrevue fut drôle.

— Mademoiselle, dit l'écrivain, Sa Majesté désire loger à la nuit. Elle a entendu v anter l'hôtel et l'hôtesse, et elle désirerait trouver bon accueil, bon souper et bon lit.

— Est-ce que Sa Majesté logera à pied, à cheval ou en voiture? demanda l'actrice en riant.

— Sa Majesté viendra en modeste équipage, accompagnée de moi et de son valet de chambre.

Ce valet de chambre était le fameux Griscelli, le Corse qui ne quittait jamais l'empereur et qui lui avait sauvé la vie deux fois.

— Est-ce que vous voulez bon lit aussi ? demanda toujours en riant l'actrice.

— Je vous en serais reconnaissant, dit l'écrivain.

— Je prierai alors une de mes amies de venir souper ce soir-là. Et je crois savoir le nom de celle que vous préférez.

Les choses étant ainsi arrêtées, le souper se fit en petit comité.

L'écrivain C*** eut de l'esprit pour deux, lui et l'empereur.

L'actrice eut de l'esprit pour quatre.

On s'amusa fort.

Toute chose a une fin, même un excellent souper.|

L'empereur s'était énormément amusé ; ce *doux entêté*, comme l'appelait la reine Hortense, sa mère, ce lymphatique, comme le disaient ses médecins, ce pisse-froid, comme l'avait surnommé Mᵐᵉ Gordon, adorait le babil des femmes, les cancans des actrices, leurs charges et leur entrain.

Comme toutes les filles de théâtre, Céleste, quoique femme de talent, avait eu trop souvent à sabler le champagne en compagnie des viveurs qui payaient ses nuits, pour ne pas tenir tête aux plus intrépides buveurs.

Son amie était de celles qui semblent des alambics à champagne; le vin passe, sans laisser de traces.

Ceux qui ont vu l'empereur à Vichy ou aux bals des Tuileries, savent qu'il était homme à vider une douzaine de Mouët sans qu'il y parut.

C'était un noceur.

On but à outrance.

On but trop pour le témoin de cette orgie, pour l'écrivain palmé et armé de nageoires qui servait d'intermédiaire à Napoléon III dans ses amours ; il roula sous la table.

On s'en débarrassa en le faisant porter dans un lit où le lendemain, vers midi, il s'éveilla seul, éprouvant ce malaise extraordinaire d'avoir mal aux cheveux, quoiqu'il fût entièrement chauve.

L'empereur resta donc en face de deux femmes et c'était beaucoup pour lui, c'était même trop d'une seule.

Le moment psychologique, comme eut pu déjà le dire M. de Bismarck, était venu.

Sa Majesté cependant avait pris un air inquiet et embarrassé.

Céleste, fille d'esprit, de curiosité et d'observation avait remarqué que son amphitryon, plusieurs fois dans la soirée, avait puisé dans une petite boîte, des pilules qu'elle avait supposé être de cachou.

On a beau s'appeler Napoléon III, on peut comme tous les vieux viveurs, avoir ses petits inconvénients et tuer les mouches à vingt pas.

Sous ce rapport, l'empereur passait pour un tireur remarquable.

Cette jolie Céleste se trompait cependant dans ses suppositions.

L'empereur demandait à sa boite à pilules une vigueur qui ne se manifestait en aucune façon ; loin d'accourir, l'amour semblait s'enfuir à tire-d'ailes.

Cependant, rester en affront devant Céleste, c'était un échec déshonorant.

Sa Majesté eut préféré perdre la bataille de Solférino.

Un empereur ne se distingue des autres hommes que par un peu plus d'amour-propr.

Les deux femmes cependant voyaient l'aiguille courir sur le cadran et elles redoublaient d'esprit et de gaillardise.

L'empereur se dit que, coûte que coûte, il fallait aboutir.

Il prit deux dernières pilules coup sur coup, et, confiant dans leur effet, il offrit son bras à Céleste pour la conduire à sa chambre à coucher.

L'amie de Céleste, abandonnée par la compagne de l'empereur, se rabattit, dit-on, sur Griscelli, le chef de la police personnelle, qui, avec deux hommes dans la maison, vingt autres dans la rue, veillait sur les jours et les nuits de son maître.

Sa Majesté se coucha espérant en ses pilules et dans les charmes de Céleste.

Celle-ci eut beau se montrer hôtesse aimable, experte ès choses d'amour, savante en l'art de plaire et d'animer le désir; de son côté, l'empereur se prodigua inutilement en efforts inouïs pour se rendre digne des gentillesses que lui prodiguait une des plus belles filles de Paris; il n'aboutit à rien.

Griscelli, Corse enragé, mâle endiablé, menait au contraire avec un brillant succès, depuis une demi-heure, le steeple-chasse de l'amour, sautant tous les fossés, franchissant les haies, traversant les rivières, escaladant les collines avec audace et adresse, car dans les courses amoureuses, il était un brillant cavalier.

Tout à coup il entendit du bruit, des appels et il crut même distinguer la voix affaiblie de l'empereur qui, en détresse, criait au secours.

En un clein d'œil, il se vêtit et il accourut.

Dans la chambre de Céleste, il vit, accroupi sur un trône de porcelaine, Napoléon III moins vêtu encore qu'un Romain, car il n'avait que sa chemise.

Pâle par plaques, vert par places, les mèches du front tombantes, les rouflaquettes des tempes collées par une sueur froide, Sa Majesté présidait à une évacuation dont celle à laquelle il fut obligé de se résigner au Mexique, ne peut donner qu'une idée assez faible.

— Vite ! vite ! cria-t-il à Griscelli, assurez-vous de cette malheureuse !..

Il désignait Céleste.

— Je suis empoisonné ! cria-t-il.

Céleste, femme d'esprit, je l'ai dit, n'en manqua pas dans la circonstance.

Haussant les épaules, elle dit à Griscelli :

— C'est lui qui empoisonne.

L'agent lut dans le regard de l'actrice qu'elle n'était pour rien cause de l'état dans lequel se trouvait l'empeseur; il se contenta donc d'envoyer chercher, en toute hâte, le médecin le plus proche.

Celui-ci était un interne de la Pitié, tout nouvellement promu docteur, établi depuis un mois à peine dans le voisinage.

Il accourut.

— Ah, monsieur, lui dit Céleste en l'apercevant, vous arrivez bien à propos. Monsieur... (elle désignait l'empereur) m'accuse de l'avoir empoisonné ; mais je vous prie de vérifier les pilules qu'il prenait à la fin du diner. La boîte est dans une de ses poches.

Le médecin reçut la boîte des mains de Griscelli et il goûta les pilules.

— Ce n'est rien ! dit-il en riant.

Et à l'empereur qui, soulagé, s'était remis au lit tout grelottant :

— C'est une drôle d'idée, Sire, que celle de vous purger au dessert.

— Vous dites ? fit Griscelli.

— Je dis que Sa Majesté s'est trompée de pilules ou qu'on lui a joué une farce.

— Vous en êtes sûr !

— Absolument. Du reste, envoyez quelqu'un réveiller le pharmacien dont voici l'adresse et qui, sur ce mot de moi, analysera les pilules.

Un agent partit et revint une demi heure après avec le pharmacien lui-même, qui affirma que les pilules étaient un inoffensif purgatif.

Déjà, du reste, Sa Majesté se portait mieux ayant bu beaucoup de thé.

On parfuma la chambre, on fit le silence et un sommeil réparateur vint succéder pour tout le monde à cette chaude alerte.

Le médecin et le pharmacien, mandés par Griscelli, furent avertis d'avoir à se taire.

Ils le promirent.

Le docteur fut récompensé par des fonctions qui, du reste, n'étaient point au-dessus de son mérite ; quant au pharmacien, on lui donna certaines fournitures lucratives à faire.

Il est millionnaire aujourd'hui.

L'empereur chargea Griscelli d'une enquête au sujet des pilules.

Qui s'était permis de jouer ce tour à Sa Majesté ?

Qui ?

Eh parbleu ! une femme qui s'en croyait le droit sans être l'impératrice.

C'était, à cette époque, la maitresse en titre de Sa Majesté.

Comtesse et Italienne, occupant un rang assez élevé, elle pouvait oser beaucoup.

Elle avait fait espionner l'empereur, elle savait qu'il devait souper avec Céleste et elle voulait se venger de cette infidélité.

Elle croyait que Napoléon III finirait par en rire ; elle se trompait.

L'empereur était susceptible à l'excès sur le fait d'impuissance qu'on lui reprochait.

Il savait, par lui-même, que, sans pilules, il était un pauvre sire.

Il avait lu tous les pamphlets, toutes les chansons, tous les libelles qui couraient sur son compte à ce sujet ; et il en était très vexé.

Les rapports de police constataient que le peuple le croyait fermement incapable d'avoir eu son fils, lequel aurait eu pour véritable père un trompette de cent-gardes ; c'était l'opinion des ouvriers des faubourgs.

A l'étranger, dans les cercles diplomatiques hostiles, on ne croyait pas à ce cent-garde légendaire, mais à une supposition d'enfant.

On citait le nom de la mère, celui du père et les circonstances dans lesquelles cette substitution se serait opérée, avec l'aide de l'entourage.

Bref, l'empereur n'entendait pas que l'on plaisantât sur ses qualités viriles.

D'autre, part, il aimait Céleste plus que jamais.

Plus que jamais il voulait passer quelques nuits chez la belle Céleste, comme on l'appelait dans le monde des théâtres.

Mais Céleste, en femme de tête, profitait des circonstances pour refuser, se faire prier, afin de mettre son hospitalité au plus haut prix.

Elle était rouée et bien conseillée.

— Il en tient, lui avait dit l'écrivain palmé et à nageoires ; associons-nous pour en tirer gros. Nous partagerons. J'aurai un quart ; c'est modéré ; et si vous m'écoutez, si vous dites, non ! énergiquement, pendant un mois, en me laissant négocier la chose, nous aurons obtenu d'abord ce résultat de faire tomber en disgrâce sa pécore de comtesse italienne ; puis nous obtiendrons bon prix pour notre hospitalité !

Elle avait reconnu l'excellence de cette ligne de conduite.

L'empereur enrageait, quand son émissaire venait lui dire :

— A aucun prix, Sire, je ne puis la décider! Elle vous a pris en horreur, parce que vous l'avez accusée de vous avoir empoisonné.

Tout contribua, du reste, à la disgrâce de cette pauvre comtesse.

Napoléon avait eu peur.

Il s'était cru empoisonné, perdu.

La peur ne pardonne pas.

Enfin, la comtesse italienne, eut le tort de raconter l'aventure à l'un de ses amants ; elle en avait à l'insu de l'empereur.

Le bruit s'en répandit et Sa Majesté fut tellement irritée qu'Elle menaça la comtesse de toute sa colère, si elle ne quittait pas la France.

C'était la seconde disgrâce.

La première fois, c'était l'impératrice qui avait exigé le départ de cette intrigante, après l'étrange aventure de la petite maison d'Auteuil, racontée avec tant d'esprit par l'auteur de *l'Histoire secrète de Napoléon III.*

Donc la comtesse partit.

Céleste mit l'empereur en quarantaine, mais enfin un soir, elle consentit à le recevoir à la condition qu'il lui ferait des excuses.

Il y consentit.

Céleste l'accueillit lui donna bon souper et bon lit ; mais la revanche que Napoléon III comptait prendre fut si peu brillante, paraît-il, que lui-même n'osa trop en triompher.

Il s'acharna, comme toujours.

Il revint.

Il revint vingt ou trente fois et ne réussit guère mieux que la première.

Tant et si bien qu'impatientée, Céleste lui dit un matin :

— Tenez, Sire, ne vous entêtez pas. Ne revenez plus, je suis humiliée pour vous ; ça me fait peine vraiment.

— Eh, lui dit l'empereur froissé, il y a peut-être un peu de votre

faute. Je suis très gaillard ailleurs et je réussis partout excepté chez vous.

— Que voulez-vous que j'en pense, Sire, fit-elle prompte à la riposte, sinon que vous êtes victime de quelque maléfice ; ce qui porte bonheur pour l'argent porte malheur en amour.

Et elle lui ferma pour toujours la porte sur le nez.

CHAPITRE

MARGOT,

> Margot !
> Lève ton sabot.

SOMMAIRE. — *Les petits papiers des Tuileries. — Un magistrat sage-femme. — Une princessse en couches. — Mon cher seigneur ! — Les fureurs de l'impératrice. — La vérité vraie. — Un joli jobard ! — Les maris font toujours rire.*

Lorsque, le 4 septembre, l'Empire s'effondra après le désastre de Sedan, l'on vit se produire parmi les serviteurs de Napoléon III et de l'impératrice, une panique honteuse, inérarrable.

Personne ne fit son devoir.

L'empereur donna lui-même l'exemple d'une lâcheté ignoble ;

pendant que Wimpffen essayait de se jeter sur l'ennemi et de rompre ses lignes; pendant que, sur un autre point, le général Margueritte mourait à la tête de ses braves escadrons qui chargeaient pour opérer la trouée; Napoléon III arborait le drapeau parlementaire sur les murs de Sedan.

Il aurait dû monter à cheval, lui qui perdait la France, avec sa dernière armée; il aurait dû se mettre à la tête de tout ce qui avait du cœur dans les débris de ses régiments, ramasser autour de lui, généraux, officiers et soldats, marcher en tête de cette colonne et mourir ou se faire prendre les armes à la main.

Il préféra capituler!

Aussi l'impératrice s'écria-t-elle en recevant cette nouvelle :

— Le lâche! il n'a pas su mourir pour sauver sa dynastie et assurer le trône à son fils!

C'était le cri du cœur!

Mais elle-même, qui avait voulu cette guerre, elle, qui se croyait une héroïne, elle qui prétendait, en cas d'émeute, monter à cheval et dompter la révolte, elle s'enfuit sans résister.

Certes il n'y a rien d'étonnant à ce qu'elle fût incapable, elle, une femme, de se mettre à la tête des troupes et de tenter contre la volonté de Paris indigné, une résistance impossible.

Mais elle montra une faiblesse inouïe, ne songeant à aucun des graves devoirs qui s'imposaient à elle.

Elle ne prit aucune des mesures urgentes qu'il fallait prendre, et qu'elle pouvait prendre; elle ne fit rien de ce qu'une femme de tête eût fait.

Sauf un général, Mellinet, tout le monde, dans le haut personnel, abandonna et l'impératrice et l'empire.

Piétri s'enfuit.

Tous se sauvèrent.

Devienne ne prit pas même la peine d'anéantir les papiers compromettants.

Et c'est ainsi que l'on trouva ces liasses de lettres, de dépêches, de pièces, de comptes qui ont été publiés pendant et après le siège de Paris et qui ont appris à la France ce que c'était que l'empire.

Malheureusement le prix élevé de cette publication, la forme adoptée, les circonstances, tout a contribué à restreindre le nombre des lecteurs ; il en est résulté que beaucoup ont ignoré les faits les plus piquants ou ne les ont pas compris.

C'est ainsi que l'histoire de Margot est mal interprêtée, mal connue.

Voici comment tout d'abord on a raconté cette histoire :

Une actrice, devenue maîtresse de l'empereur, avait simulé une grossesse et un accouchement, afin que Sa Majesté s'intéressât à elle et à son prétendu enfant.

Puis l'impératrice sachant que cet enfant était très cher à l'empereur s'en serait préoccupée.

Elle aurait alors, percé à jour tout ce mystère et imposé à l'actrice un aveu de la vérité.

Le président Devienne, un magistrat, aurait été le pivot de cette intrigue.

Sur ce sujet, les lettres suivantes ont été publiées dans la publication officielle des *Papiers de la famille impériale, trouvés aux Tuileries.*

Au président Devienne.

« Monsieur,

« Vous m'avez demandé compte de mes relations avec l'empereur, et, quoiqu'il en coûte, je veux vous dire toute la vérité. Il est terrible d'avouer que je l'ai trompé, moi qui lui dois tout ; mais il a tant fait pour moi que je dois tout vous dire. Je ne suis pas accouchée à sept mois, bien à neuf. Dites-lui bien que je lui en demande pardon.

« J'ai monsieur, votre parole d'honneur que vous garderez cette lettre.

« Recevez, monsieur, l'assurance de ma considération distinguée.

« M. BELLANGER. »

A l'empereur.

« Cher seigneur,

« Je ne vous ai pas écrit depuis mon départ, craignant de vous contrarier ; mais, après la visite de M. Devienne, je crois devoir le faire, d'abord pour vous prier de ne pas me mépriser, car, sans votre estime, je ne sais ce que je deviendrais ; ensuite, pour vous demander pardon. J'ai été coupable, c'est vrai, mais je vous assure que j'étais dans le doute. Dites-moi, cher seigneur, s'il est un moyen de racheter ma faute, et je ne reculerai devant rien : si toute une vie de dévouement peut me rendre votre estime, la mienne vous appartient, et il n'est pas un sacrifice que vous me demandiez que je sois prête à accomplir.

« S'il faut, pour votre repos, que je m'exile et passe à l'étranger ; dites un seul mot et je pars. Mon cœur est si pénétré de reconnaissance pour tout le bien que vous m'avez fait que souffrir pour vous serait encore du bonheur. Aussi la seule chose dont, à tout prix, je ne veux pas que vous doutiez, c'est de la sincérité et de la profondeur de mon amour pour vous ; aussi, je vous en supplie, répondez-moi quelques lignes pour me dire que vous me pardonnez.

« Mon adresse est : Mᵐᵉ Bellanger, rue de Launay, commune de Vilbernier, près Saumur.

« En attendant votre réponse, cher seigneur, recevez les adieux de votre toute dévouée, mais bien malheureuse.

« MARGUERITE. »

« Quel dommage, dit l'auteur de *l'Histoire secrète de Napoléon III*, si ces deux lettres avaient été perdues !

« Voilà comment une comédienne bernait un empereur.

« C'est par cet homme que la France se laissait gouverner.

« *Et nunc erudimini, gentes !*

« N'est-il pas profondément attristant de penser que la plus haute cour de justice du pays était présidée par M. Devienne assez oublieux de sa dignité pour la compromettre dans de pareilles négociations ?

« Et il s'est trouvé des Français pour défendre le président Devienne !

« Le marquis de Boissy le flagella, un soir, aux Tuileries, d'un mot sanglant.

« On parlait, dans un coin où se tenaient les partisans de l'impératrice, des folies que l'empereur avait faites pour Marguerite Bellanger.

« Car, malgré les aveux de l'actrice, aveux écrits que l'on a pu lire, Napoléon III persistait à se croire père de l'enfant, venu au monde deux mois trop tôt.

Il avait ses raisons !

Nous les avons dites.

« Et l'empereur venait de faire une riche dotation à cette mère habile.

« Le président Devienne, très bien en cour près de l'impératrice, depuis qu'il avait réussi dans son étrange mission, le président blâmait discrètement Napoléon III de ses faiblesses, lorsque le marquis de Boissy lui dit ironiquement :

« — Eh ! l'empereur n'a pas à craindre le contact des robes blanches, puisque, imitant Richelieu au profit de S.x Majesté, vous couvrez ses fautes de votre robe rouge ! »

« Le sémillant marquis pirouetta sur ce trait et laissa le président confus au milieu de son groupe. »

Il semble donc, d'après ces lettres, que Margot a simulé une

grossesse pour tromper l'empereur, puis lui a avoué cette super-
cherie.

Eh bien ! ce n'est point là le fond de l'affaire.

La réalité est tout autre.

La voici.

L'empereur aimait la fille d'un personnage haut placé et de sa
parenté.

Par ambition, cette jeune fille se laissa séduire.

Elle devint enceinte.

De qui ?

L'empereur pensa que c'était de lui.

Mais c'était un gros scandale que de laisser accoucher ostensiblement cette jeune et intéressante princesse.

En conséquence on l'envoya avec sa grand'mère prendre les
eaux quelque part.

Mais, à cette époque, Sa Majesté était au mieux avec Margot,
l'actrice qui a signé les deux lettres précédentes.

Pour sauver l'honneur de la petite princesse, Margot consentit
à simuler une grossesse et un accouchement.

Elle habitait une villa, non loin de celle où se cachait la princesse.

Celle-ci accouchée, on apporta l'enfant à Margot.

L'impératrice finit par tout savoir et prit ombrage de ce bâtard
que l'empereur pourrait adopter un jour, si son fils légitime, très
frêle de santé alors, venait à mourir.

Bien conseillée, l'impératrice ne dit pas un mot de la petite princesse, fit mine d'ignorer que l'enfant fût d'elle et elle prouva à
son mari que Margot n'avait jamais accouché.

— Vous voyez, Sire, dit-elle, que l'on s'est moqué de vous.

Et c'est alors que Margot fut obligée d'écrire la lettre où elle
avoue ne pas être la mère de l'enfant.

De cette façon, l'impératrice rendait à jamais impossible, l'adoption de ce bâtard.

Il était bien prouvé qu'il n'était point le fils de l'empereur.

Il était habile de ne pas mettre la princesse en cause ; c'eût été démontrer que si l'enfant n'était point le fils de Margot, il était celui de la princesse.

En s'y prenant comme elle le fit, l'impératrice mettait Margot, la fausse mère, dans l'impossibilité de poser l'enfant en fils de Sa Majesté ; d'autre part, la princesse ne pouvait venir le réclamer comme sien.

On la maria par la suite avec un jeune gentilhomme qui fut enchanté de la dot et de la fille.

Bon jeune homme !

N'est-ce pas le cas de répéter que les maris font toujours rire.

CHAPITRE IX.

LE CAPITAINE CHAPARD

SOMMAIRE : — *Un mot sur les bureaux arabes.* — *Les silos-sauvages.* — *Comment on assassine les Bédouins après les avoir volés.* — *Mac-Mahon gouverneur.* — *La petite Carmen.* — *De l'avancement par les femmes.* — *Encore un journaliste au désert.* — *Carmen et Sa Majesté.* — *Les lettres !* — *L'empoisonnement.* — *Impunité.*

Il était une fois un capitaine de bureau arabe qui passait pour le plus *roublard* des officiers d'Afrique chargé d'administrer les Arabes.

La circonscription marchait au doigt et à l'œil ; les malheureux Bédouins tremblaient devant lui ; il les menait par l'amende, le bâton et le yatagan de ses chaouchs.

Personne ne s'entendait mieux que lui pour piller, assommer et au besoin assassiner les pauvres diables d'indigènes placés sous sa main.

L'affaire Doineau nous a montré comment MM. les officiers des bureaux arabes s'y prenaient pour étouffer les plaintes.

L'Arabe assez imprudent pour faire une réclamation à un chef supérieur était un homme perdu ; le chef tout aussi voleur que son subordonné, faisait connaître à ce dernier la plainte portée et le nom de celui qui l'avait formulée ; les cavaliers de l'officier arrêtaient le plaignant et il recevait, pour l'exemple, une centaine de coups de bâton en grande cérémonie.

Mais ce n'était pas fini.

Il devenait, lui et sa famille, l'objet de la surveillance la plus haineuse ; il endurait mille avanies, il était toujours de corvée ; il succombait sous le poids des amendes. Puis quelque nuit, on le retrouvait le cou coupé; appelé au bureau, longtemps retenu, attardé, il avait rencontré des inconnus qui lui avaient fait son affaire (1).

On mettait le crime sur le compte des maraudeurs marocains ou tunisiens.

Mais dans les douars on savait bien que c'étaient des hommes dévoués à l'officier du bureau arabe, qui avaient donné la mort comme dénouement à la longue persécution infligée à la victime.

Personne ne s'entendait mieux que le capitaine Pazène à faire suer aux tribus leur sang et leur or; il avait été surnommé par les Arabes : le capitaine Chapard (voleur).

Il ne reculait devant rien.

Un jour, il fit cerner un douar d'où une plainte anonyme était partie.

Tous les habitants furent pris et jetés sous le bâton des chaouchs jusqu'à ce que l'un d'eux eût consenti à s'avouer l'auteur de la plainte.

Il mourut d'un coup de pistolet, tiré, dit-on, par le capitaine lui-même.

Quand ce bandit qui, comme tant d'autres, déshonorait les épaulettes, avait perdu au jeu, il se mettait à la tête d'une bande de vagabonds ramassés dans la lie des tribus.

Ces espèces de mendiants voleurs, dont il ne poursuivait jamais

---

(1) Dans ce chapitre, j'attaque vigoureusement les bureaux arabes du temps de l'empire. Je dois cependant constater que tous nos officiers n'y furent point des voleurs. Il me suffira de citer le brave général Margueritte, type d'honneur et de probité, mort héroïquement à Sedan, pour prouver que si l'institution est mauvaise, des fonctionnaires ont pu s'y conduire honorablement.

les méfaits, formaient sa police ; il payait leur délation par l'impunité dont ils étaient sûrs.

Il lançait cette troupe à la recherche des *silos secrets.*

On sait que les Arabes, pour conserver leurs blés et leurs provisions, creusent en terre des silos ; mais ils sont obligés d'en faire la déclaration pour la levée de l'impôt d'après les quantités enfouies.

Bien entendu, non contents de cet impôt écrasant, les chefs arabes et français, sachant où sont enterrées les ressources de la tribu, l'exploitent sans cesse sous mille et un prétexte.

Ils ne lui laissent à peine que l'indispensable pour vivre et semer.

Les Arabes essaient alors de soustraire une partie des récoltes à la rapacité des administrateurs ; ils font des silos secrets.

Quand on en découvre un, on le vide d'abord, puis on impose une amende à la tribu qui s'exécute et qui est ruinée pour une année ou deux.

Je me souviens d'un fait qui n'a pas été relevé.

C'était pendant la grande famine d'Algérie qui tua deux cent mille Arabes, sans que le maréchal Mac-Mahon, gouverneur de l'Algérie, un comble pour l'incapacité, eut rien fait d'intelligent pour sauver ces malheureux qui en arrivèrent à manger de la chair humaine, comme le révélèrent plusieurs procès épouvantables.

L'administration militaire, Mac-Mahon en tête, eut l'infamie de faire dire, écrire, publier partout en France que les Arabes n'avaient que ce qu'ils méritaient, puisqu'ils étaient assez imprévoyants pour refuser de mettre de côté le surplus des bonnes années, et de cultiver les immenses terres qu'ils laissaient en friche.

Et il ne se trouva point un homme, un journaliste, un député pour répondre :

— Mais voleurs de militaires que vous êtes, vous ne laissez jamais aux Arabes que la semence strictement nécessaire. Si l'année est mauvaise vous pillez un peu moins ; si elle est bonne, vous pillez beaucoup. Voilà pourquoi l'Arabe n'a point de réserve. Vous les lui prendriez.

Voilà ce qu'était sous l'empire l'administration militaire.

Et malheur au colon qui ne pliait pas sous le sabre !

On lui tendait une embuscade et on lui coupait parfaitement le cou, à lui aussi ; c'était bien entendu les maraudeurs qui avaient volé et assassiné le pauvre colon.

Maintenant que le lecteur sait ce que c'était alors qu'un officier de bureau arabe, un silo-sauvage, et qui était le capitaine Chapard, je vais expliquer comment celui-ci parvint au faîte des honneurs et comment les amours de Napoléon III y furent pour quelque chose.

Il advint que ce capitaine conquit une si brillante réputation de valeur, que la haute administration en fut émerveillée.

A cette époque, on cherchait le moyen de faire rendre aux tribus plus encore qu'elles ne devaient ; on manda le capitaine à Alger et on le pria de creuser la question.

Ce qu'il fit en vrai connaisseur et à la satisfaction de ses chefs.

Pendant qu'il était à Alger, il fréquenta comme toujours les maisons de jeu et de tolérance ; dans l'une de ces dernières, il rencontra une femme qui avait une fille de dix ans, laquelle était élevée dans ce milieu.

C'était une jolie petite brune, très accorte, très vive, très pétulente et fort spirituelle, il parut beaucoup s'intéresser à cette enfant.

Un beau jour, il fit à la mère, une Espagnole, je crois, la proposition de sauver cette gamine de la prostitution qui l'attendait.

La mère accepta avec joie.

Elle donna littéralement sa fille au capitaine Chapard.

Celui-ci envoya l'enfant à Cette, dans une bonne pension où elle reçut une brillante instruction.

Elle apprit les arts d'agréments et sortit de là sachant toucher du piano, danser, peindre, chanter et tourner une lettre agréablement.

Quand cette éducation fut parfaite, le capitaine, pardon, le commandant Chapard se présenta muni du consentement maternel.

Il épousa la petite !

Elle avait seize ans.

Il l'emmena à Alger.

Bientôt Mme Chapard (je lui conserve le surnom de son mari) fut la coqueluche de la petite cour du gouverneur d'alors.

Ça manque de femmes, l'Algérie.

Cette brune jeune, espiègle, pétulante, très drôle, très amusante fit tourner les têtes au profit de son mari.

C'est ainsi qu'il devint colonel d'une façon rapide.

On raconte que Carmen (c'était le petit nom de Mme Chapard), menait de front plusieurs intrigues avec beaucoup d'adresse.

Déguisée en Mauresque, elle se rendait dans le buen-retiro d'un général très influent, elle acceptait les rendez-vous d'un riche banquier qui fournissait à l'argent et prenait pour cacher ces relations le costume juif.

Enfin, ouvrière maltaise, elle se payait un sous-officier de chasseurs.

C'était une affaire de cœur.

Car si elle entendait faire la fortune de son mari, elle prétendait aussi ne pas négliger ses petites affaires à elle.

Son mari devint général et il eut un commandement.

A cette époque, elle vivait à Paris et elle s'y fit remarquer à la
cour.

L'empereur apprécia fort cette petite femme sémillante et le lui
fit savoir.

La fortune de son mari arriva bientôt à son apogée.

L'empereur cependant n'avait dans le général qu'une confiance
limitée.

Toutefois il lui donna des postes très élevés, autant que possible
hors de France.

Le mari expéditionnait loin de Paris ; la femme restait à
Paris.

Elle eut le malheur de prendre pour amant un drôle de la pire
espèce.

C'était un journaliste qui avait épousé la maîtresse d'un grand
personnage et qui en avait reconnu les bâtards en se mariant.

Le journaliste et sa femme avaient eu bientôt fait de manger la
dot donnée par le père des enfants ; quoique le mari exploitât Carmen, quoique la femme se fît chèrement payer par ses nombreux
amants, la gêne devint extrême dans ce ménage interlope.

Il y avait des créanciers nombreux et acharnés qui ne laissaient
ni trève, ni souci.

Le mari et la femme combinèrent un plan ; Carmen avait
écrit.

La femme prit les lettres et s'en alla trouver la petite Carmen.

— Madame, lui dit-elle, vous ruinez mon mari. C'est infâme.
Si vous ne me donnez point cent mille francs, j'envoie les lettres
que voici à votre mari.

Elle montra la correspondance.

Carmen protesta.

— Loin de ruiner votre mari, disait-elle, je puis prouver qu'il m'a mise sur la paille.

— Tant pis ! fit l'autre.

Et ne réussissant point de ce côté, elle menaça la famille même du mari d'un scandale.

De ce côté, on fit la sourde oreille, si bien que les lettres partirent.

La pauvre Carmen fut saisie d'un profond désespoir.

Elle savait bien que son mari tenait fort peu à elle et qu'il ne demandait qu'à en être débarrassé par une séparation.

Elle s'adressa à l'empereur.

Celui-ci furieux d'abord d'avoir été trompé pour le journaliste en question, ne voulut rien faire; puis il se ravisa.

Un de nos avisos les plus légers fut lancé à la poursuite du paquebot qui emportait la correspondance au mari.

Ordre était donné **de s'en saisir.**

L'aviso arriva trop tard.

Le mari reçut les pièces **et il écrivit pour** que le procès en séparation eût lieu.

Carmen **se jugea perdue** et elle s'empoisonna.

L'affaire **fut étouffée.**

L'un des **principes** de gouvernement des hommes de l'empire était celui-ci :

— A force de procès, d'argent, d'intimidation et de corruption, étouffer les scandales.

On comprend du reste qu'il en fût ainsi ; un pareil gouvernement, n'eût pas tenu contre des révélations qui avaient indigné l'opinion.

Cependant en cette circonstance, mal en prit au gouvernement de faire le silence.

S'il avait, au contraire, laissé se produire la vérité, la France aurait su à quoi s'en tenir sur un général qui jouit plus tard d'une popularité imméritée et qui pût s'imposer à l'empire et occuper un commandement dont il était indigne.

On aurait su comment le capitaine Chapard était devenu général.

On aurait su quel triste individu se cachait sous la graine d'épinards.

Mais comment le déshonorer sans déshonorer l'empereur et l'entourage.

Comment avouer les concussions et les cruautés de nos bureaux arabes, déjà tombés si bas devant la France et devant l'Europe après la sombre et triste affaire de Doineau !

Comment s'y prendre pour dire à la nation : on confie les plus hauts grades à des cocus qui ferment les yeux sur les complaisances de leur femme pour Sa Majesté et les grands personnages !

Non seulement le mari de Carmen ne fut pas démasqué, mais il obtint des avantages énormes et un nouveau mariage le rendit plus riche et lui donna plus d'influence que jamais.

Il manœuvra si bien, qu'il fût, à un certain moment le favori de l'opinion.

Quant au journaliste, qui avait été l'amant de Carmen et qui avait causé sa mort, l'empereur ne lui tint pas rancune.

Il s'était fait décorer, on lui laissa la croix.

Il fut nommé officier de la mobile.

Il continua à vivre d'expédients et à faire des dupes.

Il avait tout simplement écrit un pamphlet gros de révélations, avec preuves à l'appui ; il avait envoyé le tout à l'étranger, en triple copie, il avait remis une quatrième copie à un maréchal de France, Magnan, si je ne me trompe, en lui disant :

—Le jour où il m'arriverait malheur, ceci paraîtrait à Bruxelles, à Londres et à Genève. Dites à Sa Majesté que le mieux serait de me laisser tranquille.

Et il avait ainsi bravé les rancunes impériales.

Le plus fort, c'est que, méprisé au-delà de toute idée, honni, ayant commis des saletés qui l'ont mis au ban des journalistes, ne pouvant se faire recevoir à la Société des gens de lettres, escroc en habit noir, il a dû à un zèle excessif pour la réaction, la protection des hauts personnages sous M. Thiers et Mac-Mahon.

Il a toujours la croix.

Il est officier dans l'armée territoriale, et il paraît avoir surpris de bien honteux secrets, puisque personne n'ose le faire passer devant un conseil d'enquête.

Et voilà les tristes hommes que nous a légués l'Empire.

CHAPITRE X.

LA BELLE MEXICAINE.

SOMMAIRE. — *Le clergé mexicain.* — *L'affaire Jecker.* — *Les bons curés.* — *De Morny et les soixante et quinze millions.* — *La belle île titène.* — *L'archevêque entremetteur.* — *Sous un chêne!*

Dans ce chapitre, il est question d'un prélat mexicain qui joue un rôle d'une moralité plus que douteuse.

Beaucoup de légitimistes me lisent, en haine de l'empire; quelques-uns m'écrivent de temps en temps; ils me reprochent d'attaquer la religion.

— Dites la vérité sur Napoléon III, m'écrivent-ils, mais laissez les prêtres tranquilles.

Je leur demanderai :
— Pourquoi donc?

La vérité pour tous.

La vérité pour les magistrats qui, comme le président Devienne, se sont faits les entremetteurs de l'empereur dans de sales affaires.

La vérité pour ces prélats de cour et autres qui ont mis leur influence et celle du clergé au service d'un gouvernement corrupteur.

La vérité pour les légitimistes eux-mêmes dont un si grand nombre a servi l'empire.

La vérité pour moi-même qui, pendant trop longtemps ai conservé mon emploi.

Ceux qui savent combien le séminaire dompte, assouplit les caractères, ceux qui savent qu'un prêtre n'est qu'un instrument aux mains de ses supérieurs, ceux qui connaissent la discipline ecclésiastique, m'accorderont certainement les circonstances atténuantes.

Mais j'ai agi en homme faible et pusillanime, je le confesse et je m'en repens.

Aujourd'hui j'ai résolu de ne me taire sur rien, ayant recouvré ma liberté.

Ceux d'entre mes lecteurs qui ne connaissent que le clergé français, ne sauraient se figurer ce que sont les prêtres, les moines et les évêques en certains pays.

On parle souvent du relâchement des mœurs du clergé en Italie.

A Rome, sous les yeux même du Saint-Père, les cardinaux ont des maitresses.

Le procès Antonelli nous prouve ce que valait ce premier ministre de Pie IX.

Il n'est pas rare en Italie et en Espagne de rencontrer un curé de village vivant avec une concubine et avouant ses enfants.

Mais dans les républiques américaines le scandale est bien plus grand.

Certes beaucoup trop de nos prêtres ont des faiblesses déplorables.

Il en est qui vont s'asseoir sur les bancs des cours d'assises.

Cependant je puis dire que la grande masse des prêtres en France vit honnêtement.

Aussi quand l'un des nôtres, pour une cause ou pour l'autre, visite l'Amérique et le Mexique notamment, est-il écœuré par ce qu'il y voit.

Les prêtres vivent presque tous, sans exception, maritalement au su et vu des paroissiens.

Les prélats donnent l'exemple.

Ils se mêlent d'une foule d'intrigues galantes, et en tirent profit, et ils regardent le confessionnal comme une boîte aux lettres d'amour et comme un cabinet d'entremise.

Ils trafiquent de la confession, mettent leurs maîtresses en campagne en toute circonstance pour obtenir ceci ou cela.

Ils dotent et marient leurs filles.

Ils poussent leurs fils.

C'est immonde !

On se demande comment la religion a pu conserver son influence.

Mais c'est une question d'intérêts politiques, de parti, de tempérament et d'habitudes.

Toujours est-il que l'on cria beaucoup à l'invraisemblance, quand des pamphlets très circonstanciés accusèrent un prélat mexicain d'avoir lui-même poussé une jolie Espagnole, amenée par lui de Madrid, dans les bras de Napoléon III.

Mais depuis l'expédition du Mexique, nos officiers ont pu nous renseigner sur ce qu'y vaut le haut et le bas clergé.

Dès lors on a compris comment un prélat avait pu se faire proxénète.

La première révélation, à ce sujet, fut publiée à Londres.

En Angleterre, pays de protestantisme et de liberté, un écrivain qui sait la vérité peut l'écrire, sans rien craindre du moment où il prouve ce qu'il avance.

Or le gouvernement français avait voulu aller au Mexique de de concert avec les Espagnols et les Anglais; il espérait tromper ses alliés.

Il leur avait fait croire qu'il ne s'agissait que d'obtenir du gouvernement mexicain certaines satisfactions politiques et commerciales.

Pour atteindre ce but, il suffisait d'occuper la port de la Vera. Cruy.

Le Mexique aurait bientôt cédé.

Mais l'empereur essaya d'engager ses alliés à fond dans cette guerre.

Aux Anglais, qui auraient été très heureux de soutenir l'Amérique du Sud contre l'Amérique du Nord, dans la guerre acharnée que soutenaient les deux partis, aux Anglais jaloux des Etats-Unis et désireux de les voir séparés en deux, Napoléon III faisait la promesse de lancer cent mille hommes au secours du Sud.

Aux Espagnols, il promettait de donner à Prim, l'un de leurs généraux, l'empire du Mexique.

Mais ni l'Angleterre, ni Prim ne voulaient s'engager à fond sans être sûrs de la sincérité d'un homme qui passait pour un fourbe.

Ils voulaient des engagements formels.

L'empereur espérait faire naitre des incidents qui forceraient les alliés à aller de l'avant.

Mais tout à coup ceux-ci apprirent que Napoléon III faisait offrir la couronne du Mexique à Maximilien; que, d'autre part, il promettait au président Lincoln, des Etats du Nord, de garder la plus étroite neutralité envers lui, en jurant de ne point soutenir les révoltés du Sud.

Sur le champ, les alliés se rembarquèrent laissant Napoléon III s'empêtrer dans cette guerre interminable, injuste, odieuse et coûteuse.

L'empereur fit crier : à la trahison ! par ses journaux officieux. Les Anglais ripostèrent.

Ils mirent à nu la politique tortueuse de l'empereur, son but, les intrigues qui avaient déterminé la guerre et le double scandale de l'affaire du banquier Jecker et de la jolie créole présentée par le monsignor mexicain.

D'autre part, Prim de son côté, fit aussi imprimer des révélations à Bruxelles.

Tout, naturellement, fut arrêté à la frontière; la France n'en connut rien.

§ Je parle de cette grosse majorité de paysans imbéciles qui, à cette époque, ne savait rien et ne voulait rien savoir.

Car le public éclairé n'ignorait rien de tout ceci.

Un espion de l'empereur, son favori, son Corse de confiance, Griscelli, disgracié pour une négligence, a raconté tout au long, dans ses fameux mémoires, l'affaire du prélat et la créole.

Un écrivain français, M. Théodore Labourieu, a, de son côté, complété le récit de Griscelli.

Enfin, dans son histoire secrète, l'*ancien proscrit*, a raconté les plus piquants détails.

Je suis à même de contrôler, de rectifier ces différents récits. Je crois que cette petite histoire en vaut vraiment la peine.

Voici les faits :

Le Mexique avait fini par se révolter contre les nombreux abus du cléricalisme.

La population avait mis à bas le président dévoué à la cause des prêtres ; il avait placé à la tête de la république un grand patriote qui devint notre ennemi, mais dont je salue le grand nom et la mémoire avec respect.

Juarez fut certainement un admirable citoyen et sera compté par l'histoire, au nombre des sauveurs de peuples.

Heureuse la France, si, au lieu de Napoléon III, elle avait eu un Juarez à sa tête.

Le président nouveau avait chassé du Mexique les généraux cléricaux : Almonte, Miramon, de la Pena et beaucoup d'autres.

Tous ces bannis travaillaient dans les sacristies de l'Europe et de l'Amérique, pour préparer le renversement de Juarez.

Ils avaient l'appui, le concours efficace du clergé mexicain qui conspirait contre le nouvel ordre des choses.

On sait combien l'impératrice Eugénie était cléricale ; grâce à son influence, notre représentant au Mexique se montra aussi hostile, aussi insolent que possible envers Juarez, ses ministres et leur parti.

On fomenta des troubles, on intrigua et on arriva à trouver plusieurs griefs qui permettaient d'engager la France, l'Angleterre et l'Espagne dans l'expédition que nous savons et qui devaient être limitée à l'occupation de la Vera-Cruz.

Mais cette petite expédition ne pouvait permettre aux cléricaux d'atteindre leur but.

De Prim, empereur, ils ne voulaient point.

Car c'était un soldat ambitieux, habile, qui ne se laisserait pas mener.

L'Angleterre n'avait aucun intérêt à renverser le président Juarez, ennemi des catholiques.

Il fallait donc que les Espagnols et les Anglais se retirassent, laissant tout le poids de l'expédition à Napoléon III.

C'est alors que fut inventée la candidature de Maximilien au trône du Mexique.

Maximilien, un faux libéral, un catholique, un prince sans caractère.

Je vais dire comment Napoléon fut amené à pousser, à adopter cette candidature.

Auparavant, il faut que je montre quel jeu jouèrent les fins diplomates mexicains.

Ces hommes lancèrent l'empereur dans ses négociations avec Maximilien, négociations secrètes, puis ils les dévoilèrent eux-mêmes aux Anglais et à Prim.

C'est ainsi que ceux-ci indignés se retirèrent.

C'est ainsi que Napoléon III fut empêtré jusqu'au cou, et alla jusqu'au bout dans cette affaire.

Voici comment on l'y amorça.

Un prélat mexicain qui était venu à Paris pour plaider la cause de son parti, avait amené une des plus jolies femmes de Madrid.

Son plan consistait à faire produire cette jeune fille à la cour.

Il était impossible que l'Empereur ne l'y remarqua point, puisque c'était un morceau de roi.

Elle fut, en effet, invitée aux fêtes de Compiègne, et elle obtint un succès incontestable.

Pendant huit jours, elle fut l'objet d'une ovation ardente.

Vieux et jeunes, tout le monde lui rendit hommage.

Fille bien stylée, elle repoussa toutes les demandes, refusa toutes les offres, dédaigna et les mariages et les poursuites folâtres.

Bref, elle mena très-bien son bout de rôle.

Elle avait été admirablement choisie pour former contras te avec l'impératrice.

Celle-ci était blonde, un peu fade comme toutes les blondes.

La jeune fille qu'on lui apportait était brune, grande, svelte, élégante comme les filles du pays basque, avec des yeux noirs étincelants et une chevelure splendide, opulente, dont les reflets rappelaient ceux des cassures de jais.

Espagnole, comme l'impératrice, elle parlait le français avec un accent étranger, mais franc, suave et séduisant pour l'oreille.

L'impératrice avait le débit désagréable et la voix aigre.

Enfin la senorita était fraiche, malgré le ton chaud et mordoré de son teint ; la jeunesse éclatait dans ses gestes, dans son mouvement, dans son rire.

L'impératrice était déjà vieillotte.

En vain les journaux vantaient-ils sa beauté ! On savait qu'elle se faisait émailler comme une vieille cocotte, et, plus d'une fois, le soir, la sueur produite par la danse ou la chaleur des lustres, crevait la pâte et en suintant formait des plaques.

La peau de Sa Majesté semblait alors couverte d'écailles de poissons.

Tout l'avantage était pour la protégée du prélat mexicain.

Ai-je dit le nom de ce fin diplomate ?
Non, je crois.

Il s'appelait Mgr de la Bastida et il était archevêque de Mexico.
C'était un homme fort.

L'on m'a souvent affirmé depuis qu'il avait beaucoup redouté
un échec ; il craignait que sa protégée ne fit une de ces fautes de
toilettes qui prêtent à la critique.

On sait combien les provinciales et les étrangères sont ridicules
à Paris avec leurs coiffures insensées, leurs robes voyantes, les
exagérations de leurs mises calquées sur les gravures de mode.

Les dames pieuses qui s'intéressaient au succès de Mgr de la
Bastida, lui avaient conseillé de se défier des fantaisies de la jeune
Madrilène.

Une fleur mal plantée, un bord de chapeau mal retroussé, un
pli de jupe raté, un rien, mais un rien énorme aurait exposé cette
belle fille à la risée des dames de la cour.

Et quand on s'est moqué d'une femme, c'est fini : Elle est perdue pour les grandes amours.

Adieux paniers !
Les vendanges sont faites.

Il paraît que Mgr de la Bastida, préoccupé de ce point délicat,
avait obtenu qu'un comité de dames du faubourg Saint-Germain
s'occupât des toilettes de la senorita.

De plus, la duchesse d'U... avait prêté à la jeune fille sa femme
de chambre pour qu'aucune faute contre le goût parisien ne fût
commise.

De là, cette correction étonnante de la jeune Madrilène.

Comme je ne veux pas qu'on me cherche une querelle à propos du mot, je dirai que la jeune fille était née à Madrid, y avait été élevée; mais elle n'en avait pas moins le type basque ; son père et sa mère, nobles tous deux, étaient Navarais.

Le parti clérical, très puissant, très nombreux à la cour de Napoléon III avait reçu comme mot d'ordre de vanter, de défendre, de prôner, de protéger par tous les moyens possible, la senorita.

La discipline étant admirable dans le parti prêtre, il en résulta que la senorita eût tout aussitôt un entourage brillant et nombreux.

La conspiration fut générale.

On endormit la défiance de l'impératrice autant qu'on le pût.

Sa majesté Eugénie était un pauvre cerveau ; « cette femme là n'aurait certes pas inventé le fil à couper le beurre, si elle était née épicière, comme sa mère ! » le mot que je cite là est d'un soldat brutal, Pélissier, duc de Malakoff.

Il en résulta que l'intrigue fit des progrès très rapides.

Cependant deux fois la jeune protégée de Mgr de la Bastida fut des parties de chasses, sans que l'Empereur la remarquât.

Ce que voyant un familier dévoué aux intérêts cléricaux, se chargea de dessiller les yeux de Sa Majesté et s'en acquitta à merveille.

C'était ce poisson de mer, porteur de graines d'épinards, ce soldat qui s'était fait maquereau et aide-de-camp chargé de s'occuper du lit de son maître et qui savait dissimuler ses plus grosses infamies, sous un air brutal et bon enfant.

Il dit à l'empereur brusquement, un jour que la senorita passait devant eux :

— Voilà une belle fille, n'est-ce pas, Sire. Mais quel dommage qu'elle soit si dégoule!

— Bégueule! fit l'Empereur étonné. Qu'entendez-vous par là?

— Je veux dire que cette Madrilène passe pour être digne d'être la première rosière que l'on couronnerait à Compiègne, le jour où Votre Majesté y ferait fleurir cette institution.

— Alors bégueule et sage, c'est synonyme.

— A peu près.

— Il y a pourtant une différence. Une bégueule peut n'avoir que les apparences de la sagesse.

— Eh bien! celle-là est aussi pucelle que Jeanne d'Arc; du reste, elle en est assez fière et elle fait assez sa tête. Quand on songe aux hommages qu'elle a refusés!... c'est à faire hausser les épaules...

— Ah! elle a résisté. A qui?

— A tout le monde.

— Qui enfin?

— A la fleur des pois de la ville et de la cour; au Jockey-Club, dans la personne de ses plus triomphants; à l'armée dont les plus brillants officiers ont subi des échecs honteux, à la diplomatie qui n'a pu entamer cette vertu farouche. Enfin, Sire, le duc de Morny, lui-même, n'aboutit à rien.

— Et le duc y a pensé!

— Il en est fou.

— Est-ce sûr?

— Sire, j'en suis certain. Il a même prétendu...

— Voyons, achevez donc votre pensée.

— Sire, pas un mot de tout ceci à l'Impératrice, au duc, à qui que ce soit. Je ne veux pas me faire d'ennemis.

— Vous savez que je suis discret.

— Eh bien, Sire, le duc de Morny prétend que cette petite doit avoir une idée.

— Qui serait?

— De ne céder qu'au premier en France, c'est-à-dire en Europe, c'est-à-dire au plus puissant souverain qui soit au monde.

— A moi !

— A vous parbleu ? A qui serait-ce donc ! C'est une idée de petite fille.

— En vaut-elle la peine ?

— Ça, c'est affaire de goût. Et le général parla d'autre chose, ayant laissé tomber cette amorce.

Avoir mis le duc de Morny en avant, c'était habile ; l'empereur jalousait son frère (je pense n'avoir pas besoin de répéter à ce sujet que M. de Morny était frère de mère de Napoléon III, puisqu'il était né bâtard de la reine Hortense et du comte de Flahaut.

De Morny, distingué, élégant, spirituel, énergique, riche, aux faîtes des honneurs, était une sorte de Napoléon III réussi.

L'empereur flegmatique, mou, maladroit, lent et sot, enviait à de Morny son habileté diplomatique, son éloquence, sa désinvolture, ses façons de gentilhomme, sa verve et son audace.

Il était surtout très dépité des succès de femmes qu'obtenait le duc.

Celui-ci avait été longtemps l'amant de Mme la comtesse Lehon qui l'avait entretenu dans un petit hôtel voisin du sien.

Tout Paris a connu cette *niche à Fidèle*.

Devenu duc, après le coup d'état, de Morny s'affranchit du joug de la comtesse, ce qui fut un gros scandale.

La comtesse menaçait de divulguer les papiers les plus importants.

Ce fut Griscelli qui se chargea d'obtenir la restitution de ces pièces.

Il s'empara du **fils de la comtesse,** le chambra et le menaça de lui faire sauter la cervelle si sa mère ne rendait point les papiers.

Le jeune homme écrivit une lettre pleine de terreur et d'épouvante à la comtesse qui, pour sauver son fils, rendit les papiers.

Depuis, libre de cet esclavage, de Morny s'était fait aimer par les plus riches, les plus belles, les plus grandes dames et toujours pour lui-même.

Il avait le prestige des maquereaux du monde élégant, qui sont toujours adorés, les femmes ayant un goût prononcé pour la marée.

Voilà pourquoi Napoléon III était jaloux.

Se faire entretenir était un penchant inné chez les deux frères ; rien de plus naturel que des fils de catin aient de ces idées là ; c'est dans le sang.

Mais depuis qu'il était empereur, Napoléon III se faisait berner par toutes les femmes, y compris la sienne qui le méprisait profondément.

Il eut voulu, lui aussi, être adoré pour lui-même ; il eut voulu, comme de Morny, être un de ces adorables mauvais sujets que les femmes se disputent.

Ce désir secret perçait devant ses favoris.

Il se manifesta de toutes façons.

De Morny protégeait les lettres et les arts ; l'empereur voulut avoir des hommes de lettres et des artistes à ses diners de Compiègne.

De Morny fit des pièces.

L'empereur voulut aussi être écrivain.

Il écrivit, ou plutôt il fit écrire la *Vie de César* par un Allemand.

Mais quoiqu'il fît, il n'arriva pas à être pris pour un auteur sérieux par les journalistes, ni à être regardé comme un homme aimable — par les femmes ; tout le monde se moquait de ses prétentions.

Il ne l'ignorait pas.

Les sots les plus fieffés sont doués d'un flair subtil sous un certain rapport ; il sentent très bien qu'on les méprise, même quand on les flatte.

Il y a une conscience intérieure qui leur crie :

— Tu es bête, tu es ridicule !

L'empereur, du reste, était éclairé à ce sujet par les manifestations les moins douteuses.

La Société des gens de lettres refusaient ses dons avec éclat et le repoussait avec dégoût.

Des pamphlets terribles qui ne lui ménagaient ni la vérité, ni l'outrage, lui arrivaient chaque jour, tantôt directement, tantôt d'une façon mystérieuse.

Tout Paris, le jour de sa fête, un quinze août, le saluait du cri de : Ohé ! Lambert !

Et si tous ne savaient pas ce qu'ils criaient, il savait bien, lui, ce que c'était que Lambert.

On comprend qu'en pareilles conditions, parler du duc de Morny à l'Empereur, à propos de la petite Espagnole, c'était faire un coup de maître.

Sa Majesté s'enflamma aussitôt

Elle s'informa.

— Qui était cette Madrilène ?

D'où venait-elle ?

Qui l'avait présentée.

Et Sa Majesté apprit :

Que la jeune fille était bien apparentée.

Que Mgr la Bastida lui-même l'avait présentée à l'Impératrice comme jolie fille à marier ; Sa Majesté avait la manie des mariages, et la main très malheureuse dans ceux qu'elle faisait.

L'Impératrice raffolait de sa jolie petite compatriote et ne pouvait se passer d'elle.

Dès lors l'Empereur devint assidu auprès de Sa Majesté, de telle sorte qu'il pût voir, admirer, étudier la belle Madrilène tout à son aise.

Mais la jeune fille parut absolument insensible aux avances de Sa Majesté.

De là, comme toujours, grande passion, car la résistance enflammait Napoléon III.

L'Impératrice continuait à ne s'apercevoir de rien ; jamais cette fille d'une mère trop fine, ne fut perspicace en rien.

Personne, en cette circonstance, ne lui fit ouvrir les yeux ; le mot était donné.

Pendant que l'Empereur haletait à lui seul, comme une meute que la poursuite d'une lice a mise sur les dents, l'intrigue se corsait d'un autre côté ; et ordre était donné à la Madrilène de ne se compromettre en rien, avec Sa Majesté, jusqu'à ce que certaine autre combinaison eût réussi.

Cette combinaison consistait à acheter le concours du duc de Morny dans l'affaire du Mexique.

En y mettant le prix !

Soixante-quinze millions !

Mais ils n'étaient payables qu'après réussite de l'expédition.

Mgr la Bastisda s'entendit donc admirablement avec le duc de Morny.

Celui-ci prit en main la direction.

Il connaissait l'empereur, son frère, sur le bout des doigts.

Entr'eux, tout d'abord, il y avait eu une grande froideur.

C'était presque de l'hostilité.

Le docteur Véron, ce trop fameux propriétaire du *Constitutionnel*, auteur d'une histoire du coup d'Etat, bonapartiste enragé, constate lui-même cette hostilité du duc, alors comte de Morny.

Comte ?

Je ne sais trop pourquoi.

Il était bâtard.

Bref le docteur Véron raconte que de Morny ayant été nommé député sous Louis-Philippe, ayant obtenu de Guizot, de Thiers, des différents ministres, en échange de ses votes, de son concours, de son influence, des privilèges et des avantages, il était resté très orléaniste, malgré 1848.

Il était de tradition, du reste, chez les Orléanistes, de regarder le prince Louis comme un imbécile ; il avait montré tant d'incapacité!

D'autre part, la reine Hortense tenait ce fils pour un imbécile.

Par euphémisme, pour ne point dire « un sot » elle le qualifiait de « doux entêté ».

De Morny avait reçu à ce sujet les confidence du comte de Flahaut, son père.

Aussi, dans les commencements, de Morny ne crut-il point au succès de son frère; il se tint donc très réservé à son égard.

Mais quand il vit que loin de regretter les d'Orléans, la France des campagnes, la grande masse des paysans illettrés, mais démocrates au fond, regrettait Napoléon Ier, la gloire militaire et avait en haine le système bourgeois des Orléanistes, leur exploitation du peuple par les classes dirigeantes et leur système honteux de paix à tout prix, quand il vit se dessiner net et ferme ce mouvement bonapartiste, de Morny pensa qu'il ferait bien de se rapprocher de son frère, de prendre en main la direction du parti, de faire arriver son imbécile de frère à l'empire, et de se créer, dans cet empire, une situation prépondérante.

Ainsi fit-il.

Mais il n'en resta pas moins plus que jamais pénétré de cette vérité éclatante pour tous ceux qui connaissaient intimement l'empereur, c'est que c'était un sot, un rêveur, un halluciné, un viveur en train de devenir gâteux.

Et tant que lui, de Morny, vécut, il mena son pantin comme il voulut.

Ce, malgré de Persigny qui avait eu une grande influence mais qui la perdit, car il n'était point de force à lutter avec de Morny.

Ce dernier ayant accepté le marché que Mgr la Bastida lui

offrait, il s'agissait de faire arriver l'empereur où l'on voulait en venir.

Ce fut donc de Morny qui manœuvra avec dextérité toutes ces ficelles.

Le lecteur va voir comment il fit danser son polichinelle de frère.

Celui-ci s'embrasait chaque jour davantage, car la Madrilène résistait merveilleusement.

Il lui avait successivement détaché les plus belles nageoires de son entourage, mais sans aucun succès.

La petite, bien stylée, répondait qu'elle était vertueuse, dévouée à l'impératrice, sa compatriote et sa bienfaitrice; pour rien au monde elle n'eût voulu lui faire de la peine.

Et l'empereur n'obtenait pas le plus petit rendez-vous de la belle enfant.

Il en desséchait.

Je l'ai vu en ce temps là !

C'était pitoyable.

Toute la cour savait ce qui se passait, excepté l'impératrice elle-même.

Ce qu'on riait de la mine de l'empereur, les ambassadeurs étrangers peuvent le dire, puisque plusieurs en ont écrit à leurs souverains.

Un mot d'un attaché prussien fit fortune, parce qu'il était vrai.

On sait combien les crapauds sont passionnément bêtes dans la saison du frêt.

Cet attaché eut un jour, dans la forêt de Compiègne, dans une promenade, une conversation avec l'empereur, conversation incohérente, décousue.

En quittant Sa Majesté, cet attaché dit à un de ses collègues italiens :

— Je ne sais pas ce qu'a l'empereur, mais il divague et l'on ne peut rien en tirer.

— Vous n'avez donc pas remarqué que Sa Majesté était distraite par la jupe de l'amie de l'impératrice qui dansait devant ses yeux pendant que vous causiez tous deux.

— Ah! c'est vrai! La belle Madrilène était là et s'amusait à cueillir des fleurettes sous bois, puis elle les apportait à l'impératrice. Vous avez raison. L'empereur regardait cette jeune fille avec des yeux crapaud mort d'amour.

Crapaud mort d'amour fit fortune à la cour et depuis à la ville.

Enfin la comédie eut un dénouement.

De Morny qui savait quel jeu jouer, se montrait très assidu auprès de la Madrilène, ce dont l'empereur enrageait fort.

L'impératrice défendait sa compatriote contre son quasi beau-frère.

Car cette pauvre impératrice, il faut le dire, n'a bien mené sa barque qu'une fois, c'est quand il s'agit de se marier.

Mais alors c'était sa mère qui tenait le gouvernail.

Un beau soir tout fut arrangé de main de main de maitre pour arriver à un relai.

Il y eut chasse à courre.

La belle Madrilène eut ordre de s'égarer dans un sentier loin de la suite.

L'empereur s'en aperçut et se déroba.

De Morny savait très bien les chemins et avait fait lui-même le sermon.

On dit que la veille il y avait eu répétition et que l'on avait même entaillé le grand chêne sous lequel la jeune fille devait se laisser rejoindre par l'empereur lancé à sa poursuite.

Elle ne se trompa point d'arbre.

De Morny, affectant d'être furieux, rejoignit l'impératrice et lui demanda :

— Plairait-il à Votre Majesté de me suivre pendant quelques minutes?

— Pourquoi donc ?

— Mais pour aller à la recherche de l'empereur et d'une demoiselle de votre suite.

On prétend que, s'apercevant de la disparition de sa compatriote, l'impératrice se jugea trompée et poussa un juron espagnol plus digne d'une bouche de muletier que de lèvres impériales.

Sa Majesté lança sa jument derrière le cheval de Morny.

Tous deux arrivèrent, ventre à terre et surprirent l'empereur aux genoux de la demoiselle.

Ce vieux bonhomme enkylosé, corseté par une cotte de maille, n'avait pas pu se retirer à temps et il fut pincé, *flagrante delicto*.

La demoiselle faisait une belle défense à laquelle il faut rendre hommage.

Par malheur pour Napoléon III, il eut à subir, non seulement la colère furieuse de l'impératrice, mais les regards moqueurs de l'entourage de sa femme qui s'était lancé derrière elle.

De Morny qui avait mis pied à terre, en arrivant, s'interposa entre l'impératrice et la belle Madrilène.

— Pardon ! fit-il, Votre Majesté n'a aucun reproche à faire à cette demoiselle. C'est à moi qu'elle avait donné rendez-vous, ici.

(A cette époque, de Morny n'était pas marié).

Et offrant son bras à la belle Madrilène, il l'emmena, laissant l'empereur à sa courte honte, en proie aux fureurs de son épouse...

Le lendemain, il voyait son souverain, lui arrachait sa signature pour plusieurs pièces entraînant la guerre avec le Mexique et il l'invitait à dîner... chez lui, où Sa Majesté se trouvait en tête à tête avec la belle Madrilène encore vierge.

Il paraît qu'elle le fût longtemps encore grâce à des procédés savants et que l'empereur n'en fût que plus épris et plus tenace en ses amours.

Voilà pourtant par quelles manœuvres on faisait danser ce polichinelle ; les trente-cinq millions de Français, imbéciles que nous étions, supportèrent cela !

Ces soixante-quinze mllions représentaient la fameuse créance Jecker.

Ce qu'elle était ?

Pour notre malheur, on ne le sait que trop en France et au Mexique.

Ces millions sont notre honte.

C'est à cause d'eux que nous sommes allés chercher querelle à une petite république qui ne nous demandait rien, qui nous aimait, chez laquelle étaient bien venus tous les Français, sauf ceux qui se mêlaient de ce qui ne les regardait pas.

Ces millions, le Mexique ne les devait en aucune façon.

Voici ce que l'histoire, l'histoire vraie, honnête, impartiale, raconte à ce sujet.

Dans les derniers moments de sa durée, alors qu'il était agonisant, le gouvernement clérical mexicain, aux abois, chercha de l'argent ; il n'en trouva pas.

Un banquier suisse tenta un coup hardi.

Il prêta quelques millions, mais à soixante-quinze pour cent.

Il représentait un syndicat formé de tous les personnages riches que l'on comptait à Mexico comme inféodés au parti clérical.

Ce parti, par ce prêt, essayait de sauver son gouvernement en lui permettant de tenter un dernier coup de vigueur.

Si le coup ne réusissait point, chacun en était pour peu de chose, en somme.

Si, au contraire, maintenant ou plus tard, les cléricaux rentraient au pouvoir, les prêteurs rentraient dans une créance que l'énormité des intérêts grossisssait démesurément.

Lorque Mgr la Bastida était parti pour Paris, afin d'intriguer, il avait obtenu le blanc-seing de tous les ayants droit et les pouvoirs du banquier Jecker pour agir comme comme bon lui semblerait, et acheter, avec cette dette qui consentirait à se vendre.

En effet, il avait calculé qu'il se trouverait peut-être en Europe, en France surtout, un personnage assez avide et assez puissant pour accepter, avec l'appât de ses soixante-quinze millions, de se faire l'instrument des cléricaux mexicains et de lancer son pays dans une guerre, afin de rentrer dans cette créance.

Mgr la Bastida s'était adressé à de Morny qui avait accepté.

De Morny avait toujours été un tripoteur, un agioteur.

On le connaissait à la Bourse.

Il trouva merveilleuse cette opération qui consistait à mettre soixante-quinze millions dans sa poche sans bourse délier ; il se voua corps et âme à l'entreprise.

Cela pouvait coûter un milliard à la France ; cela pouvait entamer notre prestige, nous entraîner peut-être dans une grande guerre avec les Etats-Unis.

Peu importait !

Le sang des soldats, l'argent de la nation ne seraient rien en regard de soixante-quinze millions à encaisser au jour du succès.

Quand on a été maquereau, franchement, on se moque de la patrie.

Un homme qui a foulé son propre honneur aux pieds, ne peut guère tenir compte des intérêts de sa patrie.

Que peut-on espérer d'un mangeur de blanc ?

Rien.

La trahison.

Le général dont j'ai parlé dans le précédent chapitre, l'a bien prouvé.

CHAPITRE XI

L'IMPÉRATRICE.

SOMMAIRE. — *Un empereur à marier.* — *Une princesse, S. V. P.* — *Refusé partout!* — *La guerre de Crimée.* — *Mlle de Montijo.* — *La mère.* — *Le mariage.*

Aujourd'hui, la France éclairée par les désastres qu'elle a subis, semble absolument gagnée à la république parlementaire, avec le suffrage universel à sa base; c'est sinon le meilleur, du moins, l'un des meilleurs gouvernements. Les manifestations de la volonté nationale par le vote à peu près libre y sont toutes puissantes.

On l'a bien vu, sous la présidence du plus sot et du plus entêté les sabres.

Je parle naturellement de Mac-Mahon ; j'aurais pu me dispenser de le nommer ; tout le monde l'ayant reconnu.

Il avait alors une réputation de bêtise si bien établie, même chez ses partisans, que la censure elle-même ne se faisait aucune illusion sur son compte ; témoin ce fait suivant qui est authentique.

André Gille, le caricaturiste, qui avait dessiné une andouille une simple andouille, une andouille sans ornement, sans épaulette, sans rien qui pût être un indice, un moyen de reconnaissance.

Il s'était contenté de lui mettre au flanc un ceinturon et d'accrocher un sabre à ce ceinturon ; rien de plus !

Quand sœur Anastasie, j'appelle la censure par son petit nom, vit cette andouille et ce sabre, elle se fâcha tout rouge.

— Point d'autorisation ! sécria-t-elle.

— Pourquoi ?

— Ce sabre et cette andouille, c'est le maréchal Mac-Mahon !

— Qui vous l'a dit ?

— Tout le monde reconnaîtrait le président. Ce dessin ne paraîtra pas.

Ainsi, de l'aveu même d'Anastasie, le président était une andouille.

Voilà pourtant à quoi cela sert, une censure pour les dessins.

Eh bien ! malgré ce sabre, malgré cette andouille, la République française a prospéré, fait ses affaires, évité de graves périls et enfin elle a chassé du pouvoir et le sabre et l'andouille.

Si ce n'est pas une preuve en faveur de la forme républicaine, je me résigne à pèleriner jusqu'à Rome pour en rapporter une botte de la paille humide du cachot dans lequel le pape est enfermé.

La république ne servirait-elle qu'à empêcher un seul homme, empereur ou roi, de déclarer la guerre et de faire la paix, quand bon lui semble, que, pour ce seul fait, ce serait déjà une forme de gouvernement excellente.

Quand on songe que Napoléon III, souverain absolu ou quasi absolu, de par le vote de sept millions d'imbéciles (car tout Français qui a voté pour l'empire fût un imbécile), quand on songe que ce bâtard de l'amiral Varhuel et de la reine Hortense fit la guerre de Crimée sans motifs et la termina sans raison, on se demande comment une nation peut donner le pouvoir à un seul homme.

Nous venons de voir que la guerre du Mexique avait pour objet de faire entrer des millions dans la caisse de M. de Morny et une jolie drôlesse dans le lit de Napoléon III, drôlesse choisie de main d'archevêque.

La guerre de Crimée fut entamée par rancune, par dépit, car les prétextes que l'on mit en avant sont absurdes.

Ces prétextes, quels étaient-ils ?

C'est à n'y point croire :

Il y a, dans les Saints-Lieux, c'est-à-dire en Palestine, des moines hérétiques de la religion grecque qui est celle de la Russie; mais il y a aussi des moines catholiques..

Ils forment deux petites communautés qui, sous l'œil des Turcs, gardent les Saints-Lieux.

Ces braves Turcs, très impartiaux, très tolérants, qui à Constantinople même, prêtent leurs musiques militaires aux processions grecques ou catholiques, ces braves Turcs ont toutes les peines du monde à empêcher les deux communautés de s'exterminer réciproquement.

A chaque instant, il y a bataille.

Les Saints-Lieux sont divisés, pour chaque sanctuaire, en deux parts, par le milieu.

Dans chaque sanctuaire il y a une ligne de démarcation qu'il est défendu à chaque culte de franchir et que garde une sentinelle turque qui a fort à faire.

On dit la messe de chaque côté de la ligne, de deux façons différentes.

Les fidèles grecs et les fidèles catholiques se maudissent et se vouent réciproquement à l'enfer.

A chaque instant, il y a conflit.

Alors les consuls catholiques et leurs collègues de la religion grecque, se mettent en campagne et harcèlent les autorités de leurs réclamations.

Au moment de la guerre de Crimée, les moines catholiques reprochaient aux moines grecs d'avoir poussé la ligne de démarcation du Saint-Sépulcre.

On leur avait subtilisé, disaient-ils, quelques pouces de territoire sacré.

Les Grecs se plaignaient amèrement à propos d'une lampe destinée à éclairer perpétuellement le Saint-Sacrement; les catholiques y répandaient de l'huile empestée quand, eux, Grecs, disaient la messe.

Il y avait d'autres griefs encore moins graves que celui-là.

Et c'est ce conflit entre quelques moines aussi bêtes que fanatiques qui avait entraîné la guerre d'Orient!

Non, si bête que soit un Napoléon III, il n'est pas possible que ce soit là une cause de bataille.

On peut le dire aux sept millions d'imbéciles qui ont voté pour vous mettre sur le trône; ils peuvent le croire; mais on sait bien que ce n'est pas pour ça qu'on lance flottes et armées dans une aventure aussi folle que cette campagne de Crimée.

La cause, la vraie cause, la seule cause, je vais la dire et c'est nécessaire.

On a si peu écrit pendant ce règne que la génération actuelle ignore ce qu'il fût.

La vérité, c'est que Napoléon III avait été profondément blessé de l'attitude du tsar, lors de ces tentatives que, lui Napoléon, empereur des français, par la grâce de Dieu et de sept ou huit millions de paysans et de bourgeois imbéciles, il fit des démarches pour trouver à épouser une fille du sang royal de n'importe quelle famille régnante d'Europe.

Une fois empereur, Napoléon III sentait que s'il était accepté par les Français, il n'avait cependant pas assez de prestige à leurs yeux.

Il avait égorgé la constitution !

Il avait assassiné le peuple !

Il avait terrifié la province !

Il avait déporté quarante mille hommes !

Il avait faussé le suffrage universel et il s'imposait par le silence de la presse, la force des baïonnettes et les urnes à double fond.

Mais le prestige, le précieux prestige, l'auréole au front, le nimbe glorieux qui éblouit les peuples, lui faisait absolument défaut.

C'est pourquoi lui, neveu plus que contesté de Napoléon Iᵉʳ qui avait dû conquérir Mᵐᵉ Louise, sa seconde femme, à la tête de quatre cent mille hommes, il voulut une femme qui fut princesse.

Cela l'eût posé en Europe.

La diplomatie l'avait accepté, parce que les rois sont toujours assez bien disposés pour les gredins qui détruisent la république.

Mais, au fond, il était regardé comme un intrus, comme un parvenu.

On le lui faisait sentir.

Mais s'il épousait une fille de roi, la situation s'améliorait.

Il mit la question en délibération dans un grand conseil auquel assista le prince Jérôme-Napoléon.

Celui-ci, héritier du trône, tant qu'il n'y aurait pas de fils à placer entre lui et la succession, ne voyait point un mariage d'un bon œil, tant s'en faut.

Aussi dit-il de dures vérités.

—Vous chercherez en vain, prédit-il. Vous ne trouverez pas un prince, pour si petit qu'il soit, qui consente à vous donner sa fille.

Persigny prétendit le contraire.

De Morny, plus malin, se tut.

L'empereur, assez vexé de ce que son cousin lui avait dit, mit aussitôt ses diplomates en campagne et il fit sonder les dispositions des cours.

Il espérait beaucoup des Anglais.

Il avait été soutenu, poussé, encouragé, par l'Angleterre.

Mais lui donner une fille de Sa Majesté, la reine Victoria !
Oh non !

Jamais ! Jamais ! Jamais !

Que Palmerston l'eut reçu dans son intimité... diplomatique c'était utile.

Mais Palmerston, lui-même, ne lui eût pas accordé une de ses nièces.

On le connaissait trop.

Il y avait contre lui de trop sales histoires qui couraient dans les bouges de Londres.

Et puis miss Howart était vivante.

Et puis il avait scandalisé la gentry anglaise, si bégueule, si collet-monté.

Bref, du côté de la cour de Windsor, rien à espérer, malgré les nombreuses filles à marier disponibles dans cette royale et féconde maison d'Angleterre.

En Autriche, pas d'espérance de succès.

On se souvenait de Marie-Antoinette, guillotinée par la Convention et l'on regardait la France comme un pays maudit, en proie à des convulsions périodiques.

Le trône impérial ne paraissait point solide, et on prévoyait qu'un jour ou l'autre il serait culbuté.

Napoléon III donna cependant l'ordre à son ambassadeur d'ouvrir les négociations.

Celui-ci obéit.

Il fut éconduit de la façon la plus hautaine ; le jeune empereur François-Joseph était à cette époque très infatué de lui-même et de sa puissance.

Grâce à l'appui de la Russie, il avait dompté la révolte des Hongrois, raffermi son influence en Italie et rétabli le principe du droit divin et de l'absolutisme.

Le succès avait donné à l'orgueil et à l'insolence innés chez les Hasbourg, une poussée si forte, qu'ils devenaient insupportables à tout le monde.

François-Joseph se gêna encore moins pour Napoléon III que pour personne.

Il refusa sèchement.

Il fit sentir que la demande était impertinente et l'avait froissé.

Songez-donc !

Une Hasbourg ! une fille descendant de la plus vieille famille régnante du monde, jetée dans le lit d'un Napoléon III, aventurier politique, espèce de condottiéeri couronné.

C'était bien assez vraiment d'avoir donné Marie-Louise à Napoléon Ier.

Refusé le neveu !

Refusé avec enthousiasme.

Napoléon III nota ce refus et le souvenir n'en fût pas étranger à son alliance avec le petit roi de Piémont, pendant la guerre de Crimée et à la campagne d'Italie en 1859.

Le même François-Joseph dût venir, en vaincu, accepter à Villafranca, avec reconnaissance, la paix que lui offrait, après Solférino, ce Napoléon III qu'il avait trouvé trop petit compagnon pour devenir son parent par alliance.

Forts de l'appui de l'Autriche, le roi de Naples et les grands-ducs italiens firent la sourde oreille.

Rien à en tirer !

Ils payèrent leurs dédains.

Napoléon III laissa le Piémont s'annexer les duchés et Garibaldi conquérir Naples.

Victor-Emmanuel, qu'il avait fait roi, ne lui avait cependant pas donné la princesse tant désirée.

Mais ce Savoyard ne l'avait pas refusée non plus.

Il avait fait faire une phothographie de la princesse convoitée et il l'avait recommandée au phothographe ; sur ordre du roi, ce phothographe s'était arrangé pour que la princesse qui n'était point belle, fut absolument laide et désagréable d'aspect.

De plus, Victor-Emmanuel envoya un homme à lui, un Florentin retors, qui venait prévenir l'empereur que ce mariage serait peu avantageux.

— La princesse, dit l'envoyé est d'une dévotion outrée, étroite, tracassière, rigoureuse, intolérante. Elle ne voudra donner ni bal, ni réception. Elle refusera d'aller au théâtre. Enfin, légitimiste à outrance, elle intriguera au profit de ce parti.

L'envoyé terminait en disant :

— Le roi Victor-Emmanuel est fort reconnaissant de l'honneur que lui fait l'empereur ; mais il se lave les mains de tous les ennuis qui pourraient être la conséquence du caractère acariâtre de la princesse et de ses tendances politiques !

L'empereur renonça à ce mariage et n'en voulut pas à Victor-Emmanuel, tout au contraire.

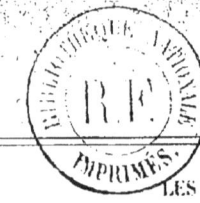

C'était un fin matois que le roi galant-homme !

En Espagne, la reine Isabelle n'avait pas de fille à offrir ; des Montpensier, des d'Orléans, il ne fallait pas songer.

En Prusse, on trouvait chez les Hohenzollern autant de morgue que chez les Haspbourg ; puis les filles étaient protestantes et piétistes ; du reste la nation prussienne et son monarque avaient une horreur profonde de la France et de son chef, quel qu'il fût.

On se rabattit sur la Russie.

L'ambition des tsars fut toujours de s'emparer de Constantinople.

Napoléon III qui ne doutait de rien, offrit à l'empereur Nicolas son alliance pour qu'il pût, contre toute l'Europe au besoin, écraser la Turquie et s'établir en maître sur le Bosphore.

Mais en échange, il demandait une princesse du sang impérial.

Nicolas qui avait toujours défendu le principe du droit divin et qui s'en était fait le champion en Europe ; Nicolas qui avait les Bonaparte en horreur et qui exécrait les usurpateurs ; Nicolas qui avait traité en tout temps Louis-Philippe avec hauteur n'avait pas à se gêner avec un Napoléon plus que douteux, avec un empereur de contrebande.

Il ne cacha pas son mépris et il déclara que la seule proposition était déjà offensante ; donc inutile d'y revenir.

Puis il fit, presque publiquement, une violente sortie contre le bâtard de la reine Hortense ; il s'en exprima avec une violence inouïe devant plusieurs ambassadeurs.

Napoléon III le sut.

De là, bientôt après l'ordre donné à la diplomatie française de faire naître un conflit en Orient.

De là, cette guerre ayant, pour prétexte une dispute entre des moines de religion différente à propos d'une lampe et d'un pinte d'huile.

Depuis le refus éclatant du tsar, Napoléon III essaya en vain de se faire agréer par les petites cours d'Allemagne ; pas un principicule, si minime qu'il fût, qui consentit à donner sa fille...

L'échec était complet.

L'Empereur en fut mortellement blessé.

La presse était muette ; mais on lui faisait de l'opposition dans les salons du faubourg Saint-Germain.

On riait de lui, et ses mouchards consignaient dans leurs rapports les propos des maîtres que les domestiques répétaient.

Un homme triomphait.

Il était le cousin, le prince Napoléon, l'héritier du trône, si l'empereur n'avait pas de fils.

Il avait prédit ce qui arrivait.

C'est alors que Morny, jugeant la situation très-grave, eût

l'idée de convoquer à l'insu de l'Empereur, un conseil composé des plus dévoués des bonapartistes.

Paris commençait à se moquer de son Empereur célibataire et à trouver humiliant qu'il ne pût trouver une femme, après avoir tant cherché.

La bourgeoisie murmurait.

Un souverain, garçon, pris entre cinq ou six intrigues, toujours embarrassé de quelque jupe suspecte !

Cela ne pouvait plaire au *decorum* des épiciers et à la décence des notaires.

Le peuple, lui, trouvait que son empereur devait avoir un *petit prince* à lui montrer un jour.

En face de cette situation, de Morny avait senti qu'il fallait aviser et il avait appelé en conseil les hommes du 2 Décembre.

Sur ce conseil, l'auteur du *Ménage Impérial* donne de curieux détails :

« Tous les dévoués y assistaient, dit-il, sauf M. Mocquart, ennemi juré du frère de l'empereur, le seul qui pût balancer l'influence qu'il était, quoi qu'on en ait pensé, si facile de prendre à un Morny, sur l'esprit d'un pauvre sire tel que celui-ci.

« Saint-Arnaud, Persigny, Fould, Magnan, le vieux Vaillant, Walewski, Conneau, Billault, et toute la séquelle, sans oublier Canrobert, qu'on avait appelé de Lyon, où il gênait le vieux Castellane, étaient présents.

« Rouher n'y fut pas convié. A cette époque, l'illustre Auvergnat était mal vu dans l'entourage. On doutait de son dévouement. On lui reprochait ses proclamations républicaines de 1848, et la prudence qu'il avait mise à se rallier après le coup d'État.

« Plonplon, qui était de l'assistance, n'y avait été convié que par convenance. Encore un que l'on n'aimait pas. Non qu'il manquât de dévouement, bien au contraire ; mais casse-cou, fantasque, très prétentieux quant à l'indépendance du caractère, ce qui ne l'empêchait pas de palper sa liste civile et tous les traitements qu'il lui plaisait de recevoir, il se prêtait mal au rôle qu'on lui avait confié dans la comédie.

« C'était pourtant un rôle aisé, agréable et brillant, qui consistait à se faire le noyau de l'opposition et ainsi de la mâter et d'aider à la diriger dans le vide.

« Mais le gaillard était assez intelligent, pour comprendre qu'en résumé le tout consistait à être le premier mouchard de l'empire, et il avait des scrupules. En sorte qu'on le soupçonnait de caresser des espérances qu'il eut évidemment ; il en garde encore, assure-t-on.

« Piétri, lui, n'avait été convoqué que pour fournir des renseignements sur un sujet fort délicat, dont l'empereur ne s'ouvrait à personne ; à savoir son exacte situation, dans le moment présent, à l'égard de miss Howard.

« Du débat qui s'engagea, une fois que celui-ci eût affirmé qu'il n'y avait pas lieu de s'occuper de l'ex-belle Miss, il résulta que l'empereur devait se marier dans le plus bref délai.

« Sur ce point tout le monde fut d'accord, même le prince Napoléon, qui croyait son cousin dans l'impossibilité de se donner un héritier.

« Mais quand il fallut aborder la question des voies et moyens, la confusion la plus grande régna dans la réunion. Les uns parlaient d'aller chercher une impératrice dans les royaumes de l'Amérique.

« — Pourquoi pas la reine Pomaré ? fit dédaigneusement Morny. Les voyous l'appellent déjà Soulouque, ce serait complet.

« On divaguait à plaisir, quand monseigneur Sibour demanda la parole.

« — Mon avis, dit-il en substance (d'après ce qu'il en a dit plus tard à son vicaire général), est que l'empereur doit épouser une française. Le pays lui en saura gré, et aux yeux de l'Europe on ne manquera pas de bonnes raisons pour légitimer ce choix. L'empereur, ne l'oubliez pas, est et doit être le plus libéral de l'empire ; un mariage de ce genre serait donner du poids à sa prétention.

« Persigny jeta les hauts cris. Il lui sembla qu'on proposait de mettre son homme en ménage, comme le premier bourgeois venu. Il voyait là une atteinte à la majesté impériale. Il entrevoyait des analogies éloignées avec les prétentions au libéralisme des d'Orléans, et rien ne pouvait lui répugner davantage.

Cependant la majorité des assistants se ralliait à l'idée de l'archevêque, à cela près qu'on n'était pas d'avis de pousser le libéralisme trop loin.

« Ces aventuriers trouvaient la bourgeoisie puante ! On dit bien que les employés des voitures nocturnes sont incommodés des exhalaisons quand ils ont à *travailler* chez un parfumeur.

« A force de discuter, non sans échanger des aménités médiocrement courtoises (on était entre soi !), on finit par se ranger d'enthousiasme à la proposition de Billaud, qui acceptait le mariage avec une française ; mais à la condition, de donner pour femme à l'empereur, la fille d'une des meilleures maisons de la plus vieille noblesse *henriquinquiste*.

« De cette façon, on satisfaisait à toutes les nécessités ; de plus, on posait, croyait-on, les bases d'une fusion qui permettait de se préoccuper un peu moins du parti orléaniste.

« Oh ! les orléanistes ! Ce fut toujours l'épouvantail des gens du second Napoléon. C'est compréhensible d'ailleurs. Outre que c'est le parti le plus riche de France, celui qui offre le plus de garantie, quant à la moralité des chefs, les d'Orléans, n'avaient-ils pas par deux fois grâcié la Majesté de ces flibustiers ! La reconnaissance est lourde à de tels êtres ; elle se change tout naturellement en haine.

«Une fois le programme arrêté, il ne s'agit plus que de le faire admettre par Napoléon.

« Qui s'en chargerait ?

« Les uns proposaient Sibour.

« Lui-même déclina la mission.

« — Nous sommes entre nous, dit-il, et l'on peut parler librement. Or je crois que Sa Majesté n'est pas tellement religieuse, qu'il soit certain que je fasse plus ou mieux que l'un de vous sur son esprit. Et puis, c'est une pure affaire de famille ; c'est donc à M. de Morny et à monseigneur le prince Napoléon d'aborder et de traiter la question. Pour moi, ajouta l'honorable prélat, je serai plus utile, une fois que Sa Majesté se sera rangée à notre avis. C'est moi qui choisirai les jeunes personnes à lui offrir, et c'est moi, s'il vous plaît, qui m'emploierai à lever certains scrupules, s'il s'en trouvait dans les familles.

« Il fallut s'y prendre de longueur pour aborder la question avec l'empereur.

« Plusieurs fois au mot mariage, il avait froncé le sourcil.

« Il leur gardait rancune.

« Le cousin Jérôme se fit envoyer promener le premier. Mais on comprend dans quelle forme. L'empereur ne s'emportant jamais officiellement, la boutade fut en quelques phrases sèches et dures, qui firent que précisément ce fut l'autre qui éleva la voix.

« Très intelligent, mais dépourvu du moindre esprit, le prince Napoléon était d'un orgueil et d'une susceptibilité extraordinaires, même chez un véritable prince.

« Celui-ci, tout fier et satisfait qu'il était de la petite position qui lui rapportait l'Empire, quand la veille il en était aux expédients pour les frais de la vie courante, s'il se tenait pour le plus véritable prince qu'il y eût sous la calotte des cieux, il n'était pas encore habitué à voir un empereur dans son cousin.

« Depuis si longtemps toute la famille l'avait renié ! Depuis si longtemps, entre soi, on en riait, on le bafouait avec sa manie d'aspirer au trône ! Depuis si longtemps enfin, on était humilié d'être de sa famille, qu'il fallait quelque temps avant qu'on prît au sérieux sa dignité récente.

« On l'admettait si peu, avant le coup d'État, que ce n'est pas Rochefort qui le premier, l'a appelé « le fils d'Hortense. » C'est la princesse Mathilde qui inventa la périphrase, qui eut un succès fou dans son intimité.

« C'est peut-être de là qu'elle est venue à Rochefort. En ses jeunes années, ce farouche républicain (qui ne s'en doutait pas) fréquentait plus d'une société voisine des petits cercles de Mathilde.

« Ainsi, malgré toute étiquette, le fils de Jérôme riposta bruyamment aux pointes de l'autre, ce qui amena un brouille qui dura, et pour laquelle on dut s'employer.

« C'est que la vie de tout ce monde était pleine de faits dont on se ferait pas facilement un roman pour le *Musée des Familles*. Ils se connaissaient tous comme le fond de leur poche, et quand ils se mettaient à avoir de la mémoire, ils avaient beau jeu pour se crier des sottises.

« Le cousin ayant échoué, Morny vint à la rescousse.

« Il avait des formes au moins celui-ci, on pouvait s'expliquer en ami.

« Cependant, dès les premiers mots qu'il laissa échapper sur cet épineux sujet, l'empereur lui coupa la parole.

« — Mon cher, lui dit-il, mon choix est fait.

« — Gare ! pensa Morny.

« Mais si bien qu'il s'y prit, il ne put parvenir à savoir le nom de la jouvencelle que le monarque avait distinguée dans la foule de celles qui encombraient le Palais et qui, pour le plus grand nombre, se seraient tenues honorées pour moins que le légitime mariage.

« Il fallut un certain temps et de grands déploiements de finesse de la part de la police, pour découvrir le pot aux roses.

« A la fin cependant, on apprit que l'empereur songeait sérieusement à faire asseoir à côté de lui, sur le trône, la belle Espagnole, qui jadis avait fait des façons.

« En l'apprenant, Morny s'écria :

« — C'était écrit !

« On chercha la raison de la préférence du Sire. Comment, lui, le maître d'un peuple qui se dit le premier du monde, lui si rancunier, il revenait à la fille d'une intrigante qui l'avait repoussé alors qu'elle ne croyait pas à sa réussite. Lui, qui avait l'orgueil de ne supporter aucun obstacle, il se décidait pour celle qui avait fait des façons.

« Pourquoi ?

« — Pour çà justement, dit Mathilde.

« On pense bien que tout fut mis en œuvre pour contrecarrer le projet scandaleux. Mais on échoua de tous les côtés.

« On espéra sur l'intervention de miss Howard. Peine perdue. La vieille Anglaise, pourvue, dotée, remboursée en partie, se déclara satisfaite.

« On voulut du moins détourner ce courant d'amour, en lui offrant les plus séduisantes occasions d'être aimé.

« Rien ne réussit.

« On n'en prenait pourtant pas son parti, quand un matin, à

un conseil des ministres, l'amoureux potentat annonça carrément sa résolution.

« Deux heures après, tout Paris était au courant de la chose, et l'on se tenait les côtes de rire.

« Le rire des Parisiens n'y fit pas davantage. M. Napoléon est le plus bel entêté de la terre ; il ne se fâcha, ni ne discuta, il ordonna seulement à Mocquart, qui était pour lui, de lui fabriquer une proclamation qui satisfit à toutes les obligations, qui parût, quoique après coup, la riposte aux cours étrangères ; en un mot, une réponse résolue et définitive qui coupât court aux intrigues qui commençaient à le fatiguer.

« En même temps, il commanda le trousseau, le décor et les accessoires.

« Mocquart accoucha du morceau suivant :

« Messieurs les sénateurs,

« Messieurs les députés,

« Je me rends aux vœux si souvent manifestés par le pays, en venant vous annoncer mon mariage.

« L'union que je contracte n'est pas d'accord avec les tradition de l'ancienne politique, c'est là son avantage.

« La France, par ses révolutions successives, s'est toujours brusquement séparée du reste de l'Europe ; tout gouvernement sensé doit chercher à la faire rentrer dans le giron des vieilles monarchies ; mais ce résultat sera bien plus sûrement atteint par une politique droite et franche, par la loyauté des transactions, que par des alliances royales qui créent de fausses sécurités et substituent souvent l'intérêt national.

« D'ailleurs, les exemples du passé ont laissé dans l'esprit du peuple des croyances superstitieuses ; il n'a pas oublié que, depuis soixante-dix ans, les princesses étrangères n'ont monté les degrés du trône que pour voir leur race dispersée et proscrite par la guerre et la révolution. Une seule femme a semblé porter bonheur et vivre plus que les autres dans le souvenir du peuple, et cette femme, épouse modeste et bonne du général Bonaparte, n'était pas issue d'un sang royal.

. . . .

. . . .

« Quand, en face de la vieille Europe, on est porté par la force d'un nouveau principe à la hauteur des anciennes dynasties, ce n'est pas en vieillissant son blason et en cherchant à s'introduire à tout prix dans la famille des rois, qu'on se fait accepter.

« C'est bien plutôt en se souvenant de son origine, en conservant son caractère propre et en prenant franchement vis-à-vis de l'Europe la position de *parvenu*, titre glorieux lorsqu'on parvient par le libre suffrage d'un grand peuple.

« Celle qui est devenue l'objet de ma préférence est d'une naissance élevée. Française par le cœur, elle a, comme Espagnole, l'avantage de ne pas avoir en France de famille à laquelle il faille donner honneurs et dignités... Catholique et pieuse, elle adressera au Ciel les mêmes prières que moi pour le bonheur de la France ; gracieuse et bonne, elle fera revivre dans la même position *les vertus* de l'impératrice Joséphine.

« Je viens donc, messieurs, dire à la France : J'ai préféré une femme que j'aime et que je respecte, à une femme inconnue dont l'alliance eût eu des avantages mêlés de sacrifices. Sans témoigner du dédain pour personne, je cède à mon penchant, mais après avoir consulté ma raison et mes convictions. Enfin, en plaçant l'indépendance, les qualités du cœur, le bonheur de famille, au-dessus des préjugés dynastiques et des calculs de l'ambition, je ne serai pas moins fort, puisque je serai plus libre.

« Bientôt, en me rendant à Notre-Dame, je présenterai l'impératrice au peuple et à l'armée; la confiance qu'ils ont en moi assure leurs sympathies à celle que j'ai choisie, et vous, Messieurs, en apprenant à la connaître, vous serez convaincus que, cette fois encore, j'ai été inspiré par la Providence ! »

Si l'on peut dénicher, dans la collection énorme pourtant, des absurdités dites par les souverains dans leurs discours, une série plus complexe d'impertinences ridicules, de mensonges stupides, de banalités écœurantes, j'offre cent mille francs à celui qui l'aura trouvée.

Mais qui était-ce donc que l'impératrice.

Qui était donc cette demoiselle de Montijo.

Au physique, malgré les éloges exagérés, les apparences dues au maquillage et le prestige de la toilette et du rang, l'impératrice n'était pas la reine de beauté que se figurait le peuple ne la voyant qu'à travers une espèce d'auréole.

L'auteur du *Ménage Impérial* dépeint assez justement cet'e blonde Espagnole.

« Son charme, dit-il, son unique charme était, en sa jeunesse, une beauté incontestable, mais une de ces beautés qui étonnent sans captiver, disons le fin mot, sans provoquer le désir chez la généralité des hommes.

« Elle n'était pas assez dégourdie du côté du cerveau pour mener seule l'intrigue de table d'hôte qui la fit impératrice. Sans les fins matois qui complotèrent l'aventure, elle serait encore dans le centre un peu louche où la mort prématurée (nous ne dirons pas de son père, mais plus strictement et plus réellement, du mari de sa mère), du comte de Téba l'avait jetée, et où d'elle-même elle se fût probablement lancée.

« Eugénie, par son caractère, par ses goûts et sa nature, était faite pour être la femme, un peu évaporée peut-être, de quelque fonctionnaire subalterne, une sorte de chef de division dans un ministère quelconque. Femme à idées étroites, superstitieuse au delà de toute expression, elle eût brûlé des cierges pour obtenir de la Vierge une gratification de fin d'année à son époux. Elle eût eu, chez elle, une petite cour de soupirants, pris dans les employés de la division du bonhomme qu'elle eût épousé, et un jour par semaine, elle se fût donné le mesquin plaisir de trôner dans ce petit cercle médiocre. Elle eût voulu, pour une fois au moins, assister à un bal masqué de l'Opéra. Elle eût fait la partie, avec une dame de ses amies, d'aller entendre Thérésa dans les bouis-bouis enfumés où celle-ci vociférait ses *romances*. Mais, curieuse et fantasque, sa fantaisie se serait satisfaite à ce prix,

JULES FAVRE.
(Affaire du Mexique.)

et l'honnète chef de division aurait pu dormir tranquille sur la légitimité des marmots qu'il eût obtenus d'elle.

« Mais elle avait contre elle, contre son repos et contre son bonheur, en somme, une créature d'un autre tempéramment : Madame sa mère. Un type complet, celle-ci.

« D'après des rapports de police, trouvés, en ces derniers temps dans les papiers particuliers de l'empereur, aux Tuileries, rapports qui ont été publiés récemment (voir *Papiers Secrets du Second Empire*, n° 9), la mère Montijo ne valait guère mieux que la généralité de ces aventurières dont le demi-monde de tous les pays fourmille.

« Veuves, sans défunt, anges méconnus, épouses dont le mari « s'est bien mal conduit » ou encore, femmes dont le mari est toujours en voyage, toutes individualités dont l'existence est problématique, où perce le bas-bleu, l'artiste interlope, tel était le centre où s'ébattait dès 1825, la future belle-mère de Napoléon III.

« On remarquera d'ailleurs que la situation avait assez d'analogie avec celle de Joséphine, veuve de Beauharnais, à cela près que Joséphine était véritablement veuve d'un noble, tandis que le comte de Téba, soit qu'il eût négligé de certaines formalités légales, soit qu'il se fût anobli lui-même, n'était reconnu comte ni en Espagne, ni en France.

« D'après les documents officiels, en 1825, madame de Montijo habitait avec sa fille chaussée d'Antin, n° 8, et le policier certifie qu'il se tenait chez elle de petits cercles de femmes galantes et de vieux polissons.

« Ce fut au point que des voisins, sans doute scandalisés en informèrent la police.

« On ne sait si la comtesse de Téba se prêtait seulement aux intrigues qui se nouaient chez elle, ou si, dépourvue d'un attachement sérieux, elle se mettait de la partie.

« Néanmoins, il est à supposer que les bénéfices qui résultaient pour elle de ses complaisances quelconques ne donnaient pas d'énormes rentes, à moins que ses dépenses personnelles ne fussent non en rapport avec ses revenus; ce qui est certain, c'est que trois ans après, ses dettes étaient montées à un tel chiffre, qu'elle fut obligée de s'enfuir en Angleterre, laissant à peine un mobilier très fatigué, quant aux sièges surtout, en payement pour une somme de dettes qui dépassait cent cinquante mille francs.

« Elle partit seule pour Londres ; sa fille Eugénie fut laissée dans un pensionnat, dont un ami, habitant Paris, fut chargé de payer régulièrement les trimestres.

« Pendant huit années, la police française perdit la trace de cette noble dame. C'est seulement deux ans après qu'on fut informé, par la police de Londres, où elle était surveillée exactement pour les mêmes raisons, de son retour en France avec l'intention avouée de s'y fixer.

« Elle revint donc à Paris, en 1838, mais il est probable qu'elle avait fait de meilleures affaires sur les lords et les marchands de la cité ; car, après avoir été observée durant six semaines à Paris, on l'abandonna, tant sa vie était en apparence régulière. Pendant trois ans, aucun rapport sur elle.

« Un fait vint démontrer tout à coup que la dame n'avait nullement changé d'existence et qu'elle avait plutôt aggravé sa position, en ajoutant les ressources de la maison de jeu, du tripot clandestin à celles de la maison de tolérance ; seulement, elle avait mieux pris ses précautions, et était parvenue à dépister les agents de la préfecture.

« Un drame épouvantable se passa chez elle.

« Un jeune homme, du nom d'Henri, venait assidûment aux soirées de bouillotte que donnait la dame. Dans son salon se trouvaient un certain nombre de ces étrangers de tous les pays qui se prétendent victimes des crises politiques, et qui se parent de titres de toute sorte. Pas un qui ne prétendît être propriétaire de châteaux et de fermes productives dans sa contrée. Et ces estimables réfugiés jouaient un jeu d'enfer.

« Le malheureux Henri était caissier d'une importante maison d'exportation. Il avait à disposer chaque jour de sommes importantes et de valeurs de toute espèce.

« La passion du jeu, et peut-être un amour discret, l'attiraient chez la comtesse. Bientôt ses appointements ne lui suffirent plus pour se tenir sur le pied d'élégance de la maison; car outre le jeu très cher, c'étaient des fêtes perpétuelles et des parties au dehors, où les voitures, les soupers, les dépenses folles étaient prodiguées.

« Longtemps des gains, que peut-être habilement on lui laissa faire, lui permirent de rester sur un pied d'égalité avec la compagnie. Puis la déveine arriva, persistante, incompréhensible.

« Mais le jeu a cela de particulier, que l'on veut n'en jamais désespérer. Tout y est inconnu. La déveine n'a pas plus de raison de continuer que de s'arrêter brusquement et de faire qu'en quelques tours de cartes on ne rattrape tout ce que l'on a perdu. C'est du moins ce qui arrive le plus souvent, quant le sort est seul maître de la partie.

« Malheureusement, l'un de ces exilés si intéressant dans la compagnie de la comtesse était si riche, savait corriger le sort, le diriger à son plaisir et à son profit. Si bien qu'Henri finit par s'enfiler (le terme est consacré) au point de craindre que les emprunts faits à la caisse de ses patrons ne fussent à la fin découverts, tant ils offraient un total exorbitant.

« Henri avait plus d'une fois prêté de l'argent à la comtesse, argent que celle-ci lui avait remboursé, tantôt en écus, tantôt par un coup de cartes. Il la prenait pour ce qu'elle se donnait, c'est-à-dire pour la veuve d'un réfugié espagnol, colossalement riche en son pays.

« Henri croyait à elle. Il lui conta sa position, et fit appel à son bon cœur.

« Que se passa-t-il entre eux ? On n'en peut répondre. On n'a que la relation qu'en fit la comtesse dans l'enquête qui fut ordonnée après l'événement. Quoi qu'il en soit, il est vraisemblable qu'il y eut de la part d'Henri des supplications, des pleurs,

et que la comtesse, fort empêchée probablement de fournir, même si elle en eut été tentée, la somme que le jeune homme avait détournée le congédia; car, s'étant levé pour se retirer, à peine la porte du salon franchie, le malheureux se tira un coup de pistolet dans l'appartement même de madame de Montijo.

« Heureusement, l'émotion, le trouble qui le tenaient, l'empêchèrent de s'y prendre efficacement. La balle lui fit une atroce blessure, mais qui n'avait rien de mortel.

« Que devint cette histoire?

« On ne sait. On pense qu'après le coup de fortune qui fit de la comtesse de Montijo une « Madame-Mère » elle trouva assez de fonctionnaires complaisants pour faire disparaître la plus grande partie des pièces de son dossier à la préfecture de Police de France.

« L'unique pièce trouvée dans les papiers particuliers de son gendre, et publiée dans les *Papiers Secrets*, montre que celui-ci était édifié, trop tard peut-être, sur le degré d'honorabilité de sa belle-mère, et que, craignant quelque résistance, ou quelque mauvais tour de sa part, il avait voulu garder en sa possession un document qui lui servit d'arme contre elle et la fit marcher à son idée.

« Dans ce document se trouve un alinéa qui, lorsqu'il en eut connaissance, ne dut pas faire grand plaisir au mari d'Eugénie. On n'est jamais bien flatté d'apprendre que sa femme a été la cause d'un duel entre deux soupirants, si platoniques qu'ils pussent être, si décidés qu'ils fussent à faire leur cour pour le bon motif.

« C'est qu'en effet, peu après l'affaire du caissier Henri, un colonel et un capitaine dont les noms sont connus, se battirent à l'épée pour la belle Eugénie.

Telle était la mère d'après l'auteur du *Ménage Impérial*. Telle était la fille.

L'empereur remarqua celle-ci et lui fit la cour.

Bien pilotée par Mᵐᵉ de Montijo, Eugénie de Téba sut résister au prince et amener son caprice au paroxysme du désir et de la passion, si toutefois l'on peut appeler passion ce qui se passait dans le cœur de cet escargot sympathique.

Il voulut à outrance, il voulut quand même et... promit le mariage.

Il fit sa cour en fiancé.

Mᵐᵉ de Montijo et sa fille furent invitées aux fêtes de Fontainebleau; elles eurent appartement à la cour.

Là se passèrent des scènes ineffaçables que l'auteur du *Ménage Impérial* raconte avec beaucoup d'esprit.

Je n'en veux citer qu'une.

Elle se passe à Fontainebleau.

« Le ciel est bleu, dit l'auteur du *Ménage Impérial*, dans la nuit claire, que la lune embellit de ses rayons ardents, tout le monde est rentré. Il fait chaud et pourtant aucune fenêtre n'est ouverte, sauf une, à ce balcon. Heureuse exception !

« Une ombre se glisse à pas prudents sur le sable des allées. Est-ce un roi ? Est-ce un rustre ? A cette heure, qui sait ?

« Il avance.

« Sous le balcon, pend une échelle de corde : fortuné hasard. Il y monte. L'y voilà !

— Chut ! dit-elle.

« Et lui qui n'avait plus qu'un échelon à gravir, reste là, la prière aux lèvres.

— Non, Louis, dit-il ; ma mère pourrait vous entendre ; soyez prudent.

« Et il reste ; un peu inquiet pourtant. Si l'échelle n'était pas solide ? S'il tombait ?

« Voyez-vous ? voyez-vous le deuil de la France après cela. Voyez-vous les conservateurs ? Et entendez-vous le féroce rugissement, cri d'espoir ! de l'hydre de l'anarchie ?

« Non, sire, ne craignez pas. Trop de fortunes sont édifiées sur votre vie pour qu'on ait permis qu'elle fût exposée un moment.

« L'échelle a été éprouvée par un gymnase émérite. Et dans l'ombre des soubassements, huit hommes sont en bas, prêts à

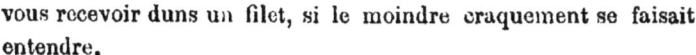

vous recevoir dans un filet, si le moindre craquement se faisait entendre.

« Mais quel tableau! Ne nous voilà-t-il pas revenus au temps de Roméo. Rien n'y manque, pas même l'alouette.

« Ils causent; le ciel seul les entend. Le ciel et les hommes qui tiennent le filet, et d'autres fonctionnaires habilement dissimulés dans la pénombre des corniches, tout prêts à se porter au secours du sauveur de la société, de la religion et de la famille, s'il survenait le moindre accident.

« Ils causent et ce qu'ils disent embaumerait la nuit, si les paroles avaient des parfums, comme les fleurs. Mais ce sont bien plutôt des perles qui tombent de leurs lèvres. Ah! les prodigues, qui n'ont pas un poète pour les recueillir. Si l'on y avait pensé pourtant, Théophile Gauthier se fût fait une joie d'être l'historiographe de ce moment si solennel, de conserver à l'avenir un si précieux souvenir!

— Ecoutez, dit-elle, l'heure sonne. Je crains pour vous, adieu.

— Non !

— Je vous en conjure

— Un baiser de vos lèvres.

— Y pensez-vous, sire !

— Le baiser des fiançailles.

— Si j'étais sûre qu'après vous descendrez.

— Je le jure.

« Elle sourit. Peut-être pensait-elle à d'autres serments qu'il avait déjà faits, et non pas à des dames.

« Il menaça de rester là, et comme elle résistait encore, le doux débat reprit. Leurs voix se mêlaient pour former un ensemble charmant et original, à cause du contraste de l'accent allemand de l'un et de l'accent espagnol de l'autre.

« Enfin, elle parut craindre qu'il ne prit froid. L'intérêt l'emporta sur la vertu. Elle se pencha, heureuse que la nuit voilât la rougeur de son front, et l'on entendit le bruit d'un baiser, dont les hôtes des bois tressaillirent magnétiquement.

« Quand il mit pied à terre, il était éreinté.

« Et dans le palais, on s'en amusait en soupant; car tout le palais avait dû plus ou moins se prêter à la cérémonie, afin que rien n'en vint troubler le cours.

« On rouvrait les fenêtres, on rallumait les lampes et, dans les cuisines, on buvait à même le goulot des bouteilles données pour fêter les fiançailles de sa Majesté. »

Et bientôt après le mariage fut célébré avec pompe.

N'ai-je pas bien fait de finir là-dessus *les Amours de Napoléon III ?* . . . .

TABLE DES MATIÈRES

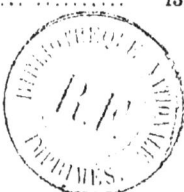

Des raisons de prudence nous empêchent de placer des légendes sous nos gravures. Les personnages sont reconnaissables; les scènes sont indiquées; mais les nommer serait dangereux.

PARIS. — TYPOGR. COLLOMBON ET BRULÉ, RUE DE L'ABBAYE, 22.

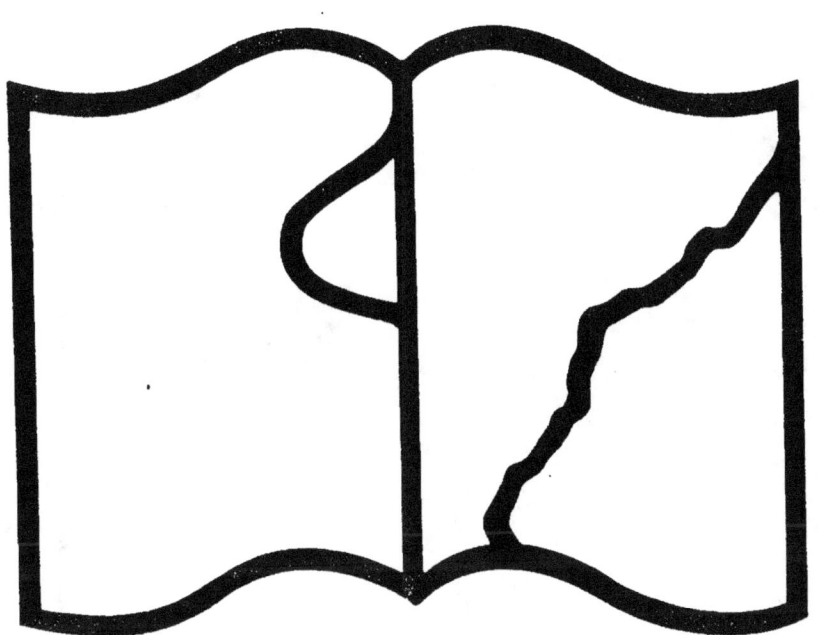

Texte détérioré — reliure défectueuse

NF Z 43-120-11

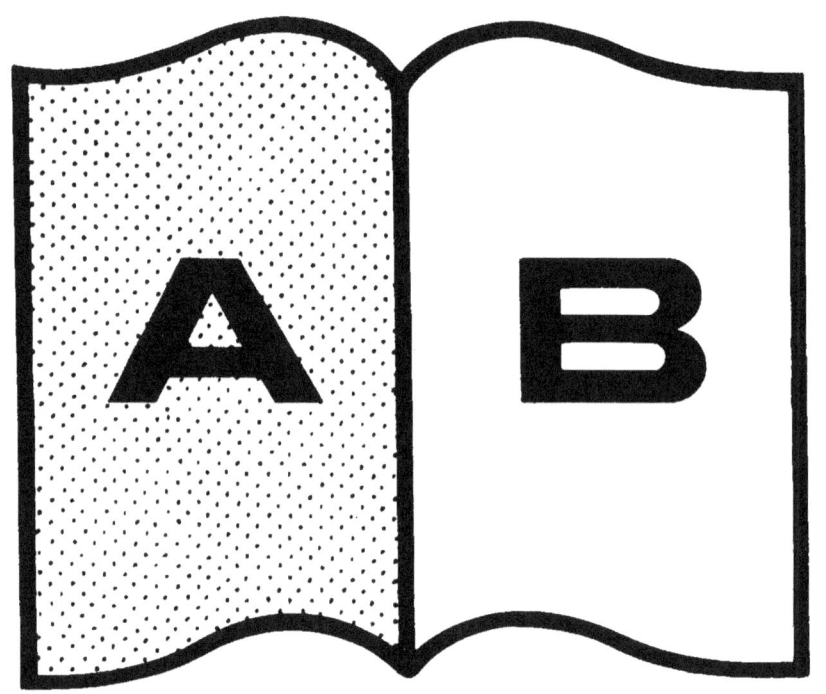

Contraste insuffisant

NF Z 43-120-14

www.ingramcontent.com/pod-product-compliance
Lightning Source LLC
Chambersburg PA
CBHW070907030726
47504CB00005B/1490